KB118974

너의 우주는 곧 나의 우주—

너의 우주는 곧 나의 우주

하유지 장편소설

|주|자음과모음

차례

(2부)

테리

프롤로그

이번 생은 나쁘지 않았다. 솔직히 말해서, 꽤 괜찮은 편이었다. 테리는 이번 생의 끝을 보고 싶었다. 물론 다른 인생이라고 해서 끝까지 가 본 적이 있냐면, 한 번도 없다. 가만있어 봐, 내가 몇 살이더라? 어쨌거나 이번이 최장 기록이다.

"이만큼 왔는데 끝까지 못 갈 것도 없지, 뭐."

테리는 도시락 뚜껑을 열면서 중얼거렸다.

"그러니까요. 점심 먹고 더 가 봐요, 우리. 저쪽에도 볼 거 많대요."

윈터가 엉뚱하게 맞장구치는 소리를 듣고서야, 테리는 자기가 또 혼잣말했다는 사실을 깨달았다. 언제부터인가 중얼중얼하는 버릇이 생겼다.

"여기까지 오는 것도 힘들었는데 더 간다고……?"

소피아가 돗자리 가장자리에 조약돌처럼 올라앉아 구시렁댔다. 윈터는 못 들은 척하면서 와 맛있겠다, 하고 도시락에 달려들었다. 과연 맛있어 보이기는 했다. 테리가 준비한 도시락에는 반지르르 윤기가 흐르게 볶아 낸 불고기가 한가득. 불고기 도시락은 테리가 지난해까지 운영한 도시락 가게에서 이십여 년간 부동의 1위를 고수하다가 주인과 함께 은퇴한 품목이었다. 이 좋은 날에 다시 불려 나왔지만.

그렇다. 멋진 날씨였다. 루마니아어 그룹 과외에서 만난 사람들끼리 소풍을 나오기에 이보다 더 좋은 날씨는 구하기 힘들 것이다. 8월 초, 며칠 있으면 테리의 생일이기도 했다. 지난밤 비가 퍼붓다가 그쳐서인지 오늘만큼은 무더위도 잠잠했다. 뚜껑을 갓 돌려 딴 탄산수처럼 화아, 하는 느낌이 드는 맑은 날.

여기는 수원에서도 화성, 화성에서도 용연. 옛날부터 경치가 아름답기로 유명하다는 연못이다. 지난 넉 달 동안 루마니아어를 함께 공부한 세 사람은 한낮의 연못가에 돗자리를 펴고 앉아 있다. 한두 가지씩 싸 온 음식을 나눠 먹으면서 마침내 꼭짓점에 도달한 여름 풍경을 바라본다. 산들바람에 흔들거리는 버드나무 가지와 물처럼 시간처럼 흘러가는 뭉게구름, 눈이 시리도록 짙은 초록빛으로 연못을 뒤덮은 부레옥잠. 품에서 없는 피리라도 꺼내어 불고 싶어질 만큼 고풍스러운 경치였다.

"테리, 진짜 너무 맛있어요. 음식 솜씨 완전 끝장이시다."

윈터가 불고기 두 젓가락을 한입에 욱여넣으면서 감탄과 찬사를 바쳤다.

과외 첫날, 세 학생은 외국 이름을 하나씩 정했고 어떤 경우든 그 이름 뒤에 님이나 씨나 할머니, 언니 같은 군더더기를 붙이지 않기로 합의했다. 그래서 테리도 나이와 상관없이 그저 '테리'라고 불린다.

테리는 겨울잠을 앞둔 다람쥐처럼 맹렬한 윈터의 식욕을 흐뭇하게 지켜보았다. 저렇게 잘 먹을 줄 알았다면 앙증맞은 크기로 오므린 양배추 쌈이나 부드럽게 조린 고구마 맛탕이라도 더 해 올걸.

한여름 소풍은 성공적이었다. 역시나 이번 생은 꽤 괜찮은 편이다. 과외 선생님은 급한 일이 있다며 빠졌지만, 그쯤은 흠이 되지 않았다.

몇 년 전부터 테리는 취미로 다양한 외국어를 배워 왔다. 욕심 부리지 않고 딱 초급 과정까지만. 프랑스어에서 시작해 스페인어와 독일어, 인도네시아어와 몽골어를 거쳐 루마니아어를 배우기에 이르기까지 깨달은 바가 있다. 하나, 과외 선생님은 언제나 바쁘다. 둘, 학생들과 친해져 봤자 두어 계절을 넘기기 어렵다. 따라서 결론, 머리 아프게 재지 말고 지금 이 순간을 즐기자!

"소피아, 이거 먹고 기운 내서 저쪽 끝까지 가 보자, 응? 직접 활 쏠 수 있는 곳도 있대."

윈터는 안색이 파리한 소피아의 입에 유부초밥을 넣어 주며 어르고 달래는 작전을 개시했다. 테리가 보기에 소피아는 활을 쏠 만한 체력이 안 될 듯싶었으나, 입 다물고 있기로 했다.

그나저나 흐음, 끝이라, 생각하고는 곁눈질로 주변 눈치를 살피는 테리. 자기가 또 혼잣말을 했나 싶어서였다. 말없이 눈을 맞추며 웃는 윈터를 보니 그건 아닌 모양이다. 테리는 윈터에게 마주 웃어 주고는 사과 주스로 손을 뻗었다.

내 인생의 끝은 어디인가. 여러 해 동안 골몰한 나머지 바지 뒷주머니에 넣어 둔 비상금처럼 꼬깃꼬깃해진 의문이다. 궁리하고 고민해 봤자 직접 경험하지 않는다면 답은 알 수 없다. 초기화 없이 이만큼 살아 본 생은 말했다시피, 이번이 처음이다. 예전에는 초기화를 하고 나면 찾아오는 다른 생이 궁금했다. 하지만 생을 수없이 반복한 지금에 와서는 새로운 궁금증이 생겼다.

삶의 끝에는 무엇이 있을까. 초기화를 하지 않으면 난, 어떻게 될까.

그 형태가 무엇이든, 테리는 '끝'이란 지점까지 가 본 적이 없었다. 어느 생이든 도중에 초기화를 했기 때문이다.

생각에 잠겨 무심코 하늘을 올려다봤다가 입이 쩍 벌어졌다. 그토록 푸르던 하늘이 온통 보랏빛이었다. 뭉게뭉게 보라보라 구름이 떠다녔다. 그것도 저희끼리 키득거리면서. 테리가 느끼기에는 그랬다, 키득키득. 초기화 버튼을 밟으면 찾아오는 연두색 하늘이야 익숙하지만 보라색이라니, 이런 적은 없었는데?

"왜 그러세요, 테리? 뭐라도 있나요?"

테리를 따라 고개를 젖힌 윈터의 눈에 하늘은 쨍한 푸른빛이었다. 윈터뿐만이 아니었다. 연못가에 모여 앉아 물결을 바라보는 나이 든 여인들, 손수건으로 얼굴을 덮은 채 누워서 잠든 남자나 양산을 어깨에 받쳐 들고 책을 읽는 사람, 연못 근처의 정자에 올라 경치를 구경하는 무리…… 누구 하나 놀라거나 동요하지 않았다. 기묘하면서도 어여쁜 보라 하늘은, 테리의 눈에만 보이는 풍경이었다.

연못이 끓는 물처럼 들썩이기 시작한다.

테리는 용연에서 그 이름대로 용이라도 한 마리 튀어나올까 싶어서 침을 삼켰으나, 다행인지 불행인지 상상으로만 그쳤다. 온천처럼 수증기를 피워 올리는 연못.

"기껏 왔으니 끝까지 가 보자는 거잖아. 얼마 안 걸린다니까."

윈터가 지치지도 않고 불고기를 먹으면서 지치지도 않고 소피아를 설득했다.

끝, 끝까지.

테리는 자리를 떨치고 일어났다. 무릎에 펼쳐 놓은 꽃무늬 냅킨이 떨어져 내리다가 바람에 끌려간다. 거칠고 사나운 바람이었다. 드라이한 머리카락이 휘날리고 고심해서 고른 물빛 치마가 열기구의 풍선처럼 부풀었다. 땅에서 솟구친 뜨거운 바람이 테리를 공중으로 한 뼘쯤 띄워 올렸다. 그러나 아무도, 수다쟁이 윈터조차도 테리를 주목하지 않았다. 완성본에서 떨어져 나온 퍼즐한 조각처럼 테리 혼자만 돌풍에 휩싸여 있었다.

끝. 윈터와 소피아는 물론이고 테리도 이 유적지의 끝까지 가지 못한다. 활을 쏘지도 못하고 정자에 양반다리를 하고 앉아 오래된 도시를 바라보지도 못한다. 지금, 이 세상에 끝이 들이닥쳤다. 머지않아 세상이 닫히고 처음으로 돌아가 다시 시작할 것이다. 휴대폰에서 '전원 끄고 다시 시작'을 누르듯이.

이번 초기화는 테리의 작품이 아니었다. 결단코, 절대로.

"말도 안 돼! 대체 뭐가 어떻게 된 거야!"

'불이야!'나 '도둑이야!' 하고 외치는 심정으로 울부짖었으나 휘몰아치는 바람이 목소리를 싹둑 베어 먹었다.

"아 참, 테리, 테리라는 이름에 뭔가 뜻이 있다고 그러지 않으셨어요?"

윈터가 2미터는 떠오른 테리를 평온한 눈으로 올려다보며 물었다.

"테, 테리는 고대 그, 그리스어로……."

보기보다 친절한 테리는 허공에서 허우적거리는 와중에도 질문에 답하려 했지만 커다랗고 푹신푹신한 보라보라 구름이 달려드는 바람에 말을 끝맺지 못했다. 여러 생에서 써 온 테리란 이름이 무슨 뜻인지 말해 주는 걸 즐기는 편인데, 안타깝게 되었다.

보랏빛 하늘이 위에서 아래로, 바깥에서 안으로 연못을 감싸며 좁혀 들어왔다. 웃으며 이야기를 나누는 사람들, 정자와 연못, 여름날의 풍경이 읽던 책 페이지의 귀퉁이처럼 접힌다.

이 사람들이 진짜, 세상이 끝장나고 있는데 먼 산이나 내다보고 있어? 약과가 목구멍으로 넘어가?

천둥과 번개라도 내던져 모두를 정신 차리게 하고 싶었지만 그럴 재주도 시간도 없었다. 벌써 보라색 하늘이 한 점을 향해 응축되는 중이었다. 조그만 비눗방울 하나에 들어가기라도 할 듯 조여드는 세상.

"이번에는 정말 끝까지 가 보려 했는데!"

대체 어떻게 된 일일까. 이 세상을 초기화할 수 있는 사람이 나 말고 또 있기라도 한 건가? 설마, 그럴 리가. 테리는 어찌 된 영문인지 알아내겠다고 다짐했지만 이 다짐을 다음 생에서도 기억하게 될지는, 글쎄.

어쨌거나 비눗방울이 터지듯이 톡!

……하고, 세상이 끝났다.

테리가 태어났다.
그리고 오십 년 뒤에
여름이 태어났다.

이것은 여름과 테리의 이야기다.

1부

여름

팝콘나무와 코스모스 그룹

1

무엇에든 처음이 있다.

나에게도 첫 번째 생이 있었고, 처음이라 그런지 그때 일은 잘 기억나는 편이다. 그 뒤에 이어진 다른 버전의 삶과 비교해 보면 덜 마른 시멘트에 찍힌 발자국처럼 또렷하다. 그렇다고 해서 반복되는 삶이 같은 모양, 같은 치수의 신발처럼 서로 똑같았다는 얘기는 아니다. 거기서 거기일 때가 많지만 여기서 저기일 때도 있고 저기에서 거기인가 싶은 경우도 있고, 제각각이다.

여기든 저기든 거기든 아무튼, 예전에 여러 삶에서 겪은 일들이 잘 기억나지 않는다 해도 기본 설정만큼은 항상 비슷하다. 서울 근교의 바닷가 동네인 자목련동에서 우리 엄마와 아빠의 딸 채여름으로 태어나고, 보통 언니가 한 명 있고, 열두 살 생일에 내가 누구인지 알게 되고.

나의 '첫 번째' 열두 살 생일이 떠오른다. 내가 코스모스 그룹과 팝콘나무의 존재를 처음으로 알게 된 날 말이다.

이름에서 눈치챘겠지만 난 여름에 태어났다. 그것도 위아래로 땀방울이 붙은 것처럼 생긴 숫자 8이 두 번 겹친 8월 8일에. 우리 언니는 가을에 태어나서 채가을이다.

내 생일을 맞이해 우리 가족이 뭘 했느냐면, 수원 화성에 갔다. 숯불 화로에 갈비를 구워 주는 곳이나 파스타 전문점, 디저트 카페가 아니라 유적지에 갔단 얘기다. 아빠 취향인 세일 첫날의 마트나 엄마 입맛에 맞는 산채 비빔밥집이 아니라서 다행이라 해야 하나. 그렇다지만 생일 케이크나 주인공의 의사(=테마파크와 태블릿PC)는 스팸 문자처럼 가벼이 무시하는 우리 부모님의 클래스는 어디 가지를 않고. 조선 정조 시대에 쌓았다는 화성, 거기서도 용연이란 연못이 아름답다면서 두 분은 꿈에 부풀었다.

"언니는 괜찮아? 그, 용 뭐라는 데?"

앞에 앉은 엄마와 아빠만 경쾌한 분위기로 뛰뛰빵빵 차가 출발하자, 나는 가을 언니에게 작은 목소리로 물어봤다.

"뭐래. 괜찮겠냐?"

언니가 쏘아붙이고는 권투 시합에 쓰고 나가도 될 듯한 헤드폰을 썼다. 중학생이 되더니 까칠하기가 중2병 걸린 고슴도치 같다.

나는 중학교에 가면 언니보다 훨씬 더 재수 없어져서 죄다 이겨 먹어야지, 다짐하며 입을 다물었다.

화성에 도착한 우리는 용연과는 반대편인 팔달문에 차를 세우고 용연까지 걸어갔다. 걸어가는 동안에도 여기저기 볼거리가 많다는 엄마 아빠의 고집 때문이었다. 이름과 어울리지 않게 더위를 잘 타는 난 온몸에서 땀이 쏟아졌다. 막내딸의 생일에 소풍을 나와서 행복한 부모님과 더운 날에 끌려 나와서 열 받은 언니 사이에서 더위 먹은 해초처럼 흐느적흐느적.

끈적한 땀 샤워를 마치고 나니 용연이 나왔다. 1분만 더 걸렸더라도 나는, 우리 가족이 한 걸음 걸으면 두 걸음 늘어나는 영원한 길 위에 갇혔다는 결론에 다다랐을 것이다.

갖가지 초록 식물로 뒤덮인 연못, 위쪽에 자리 잡은 정자, 꽃과 나무, 연못가를 날아다니는 새, 북적거리는 사람들.

"어머, 저 예쁜 것 좀 봐!"

엄마는 햇살이 부딪혀 반짝거리는 여름 연못을 보며 탄성을 질렀고, 아빠는 그런 엄마의 사진을 찍어 줬다. 뒤늦게 도착한 언니는 우리 쪽은 거들떠보지도 않고 나무 그늘로 직행했다. 부모님과 언니의 극명한 온도 차이 때문에 나는 오글거리다가 땀이 났다가 하며 열두 살이 뭐 이래, 생각했다. 백이십 살도 다를 건 없단다, 하듯 버드나무가 기다란 나뭇가지를 끄덕였다.

엄마와 아빠는 우리를 피해 달아난 중딩 나으리, 가을 언니를 쫓아가 돗자리를 펼쳤다. 머리숱이 풍성한 나무에 해가 가려지고 맞바람이 불어와서 시원한 곳이었다. 케이크만 쏙 빼놓은 음식을 펼치자마자 두 분은 눈짓을 주고받더니 손뼉 치는 자세를 잡았다. 팔에 소름이 돋으려는 찰나!

"생일 축하 노래 불러만 봐. 버스 타고 집에 가 버릴 거니까."

언니였다. 엄마와 아빠가 들이마신 숨을 다시 내뱉기도 전에 날카로운 혀로 쓱싹! 나는 언니를 그해 들어 처음 존경의 눈길로 우러러봤다. 생일에 생일 축하 노래가 빠진다니 아쉽지만, 그래도 그렇지 여기에서는 아니다. 내가 초딩 드래곤도 아니고 용연까지 와서 굳이.

"얘가 분위기를 깨고 있어."

엄마가 언니한테 눈을 흘겨 보았다. 정말 흥이 깨진 표정이라 안심. 탄력 붙으면 목청이 커지는 분이라서 말이다. 알지도 못하는 사람들에게 내 나이와 이름을 리듬과 박자에 실어 고래고래 광고하기는 싫었다. 그리하여 초를 꽂은 케이크뿐만 아니라 생일 노래도 생략.

내가 좋아하는 불고기를 비롯하여 준비해 온 음식을 다 먹자 부모님은 날도 좋은데 성곽을 따라 걷자며 일어났고, 언니는 그 즉시 돗자리에 드러누웠다. 나는 양쪽 눈치를 살피다가 다리가 아프다고 중얼거렸다.

"그럼 너희는 여기 있든가. 한 바퀴만 둘러보고 금방 올게."

부모님은 양산을 펼쳐 들고 산책을 떠났다.

우주 재건축이라도 하는지 쿵쾅거리는 음악이 언니의 헤드폰 바깥으로 새어 나왔다. 다리가 아프다는 건 진심이었지만 가만있기도 심심해서 일어났다. 어디 가서 뭘 하지?

엄마 아빠와는 반대 방향으로 몸을 틀었다. 다리가 쑤시지 않을 정도로만 어슬렁거려야겠다. 근처에 있는 정자 쪽으로 올라가서 안내판을 읽어 보았다. 방화수류정, 군사 시설로 만들었으나 경치를 감상하는 곳으로도 활용했다는 내용. 신발을 벗고 정자에 올라앉은 사람들이 느긋하고도 아련한 표정으로 연못을 바라보고 있었다.

방화수류정을 벗어나 길을 따라 걸으려니 한숨이 나왔다. 생일에 이게 뭐냐고, 진짜. 여름 방학에 휴가 기간이라 친구들은 다 가족들이랑 놀러 가서 생일 파티도 못하고, 난 여기까지 와서 혼자가 되었고. 성곽 산책이라도 따라갈걸 그랬나. 아니면 언니의 고막 상태라도 점검해 준다든가?

길옆 풀밭에서 꿀벌 한 마리가 200만 구독자를 보유한 곤충 유튜브에서 본 8자 춤을 추고 있었다. 8월 8일에 목격한 8자 춤. 꼭 무한대를 가리키는 '∞' 기호 같기도 했다. 꿀벌은 코스모스 꽃밭으로 날아갔다. 하얀색, 진홍색, 분홍색, 주홍색, 붉은색, 색색의 꽃송이들. 할 일도 없고 해서 꽃잎이 몇 장인지나 세어 봤다. 여덟 장. 내 생일 아니랄까 봐 8이 넘쳐난다.

꿀벌이 윙윙대며 날갯짓하는 꽃밭에 네모난 종이가 떨어져 있었다. 풀잎 사이로 '코스모스'란 글자가 언뜻 보이지 않았다면 지나쳤을 테지만 코스모스 아래 코스모스라니, 뭔가 우연인 듯 아닌 듯 묘하잖아? 나는 종이로 팔을 뻗고서도 잠깐 망설였다. '이봐, 신중하게 판단해! 한번 결정하면 돌이키지 못한다고!'라는 운명의 메시지라도 전달받은 듯이. 그 뒤에 벌어진 일을 생각하면 더 오래, 영원히 망설여도 되는 거였는데.

주워서 살펴보니, 명함이었다. 앞면에는 촌스러운 글자체로 '코스모스 그룹'이라고만 적혀 있고 뒷면은 조잡한 약도였다. '팝콘나무'라 적힌 동그라미에서 삐뚤빼뚤한 선이 뻗어 나와 정육면체 모양의 도형으로 향한다. 정육면체 밑에 적힌 두 단어는 '코스모스 그룹'. 그 옆에는 마름모가 하나 있는데 이름하여 '계단'. 대체 뭐가 어디에 있다는 얘기일까. 엉터리 약도였다.

휴대폰으로 검색해 봐도 코스모스 그룹은 별다른 정보가 없었고 팝콘나무는 이팝나무의 별명이라고 했다. 자잘한 하얀색 꽃송이가 팝콘을 떠올리게 한다나.

낙서나 암호 같은 명함을 버리려다가, 먼지를 후 불어서 휴대폰 케이스 안쪽에 끼웠다. 이 명함을 꿀벌이 준 생일 선물이라 여기기로 했다. 코스모스 그룹이 어디서 뭐 하는 곳인지는 모르겠지만 말이다.

그런데 뜻밖에도, 나는 코스모스 그룹의 정체를 얼마 지나지 않아 알게 되었다.

2

8월의 끄트머리, 엄마와 아빠는 '우리 가족 밤 산책'을 구상했다. 나와 언니까지 포함해 네 식구가 밤마다 인근 공원으로 왕복한 시간도 더 걸리는 산책을 다녀온다는 야심 찬 기획이었다.

날마다 학원을 두 개씩 다니는 언니는 한가롭고도 한심하게 밤 산책 같은 걸 할 시간이 있으면 잠이나 자겠다고 대답했다.

"너 그 시간에 휴대폰 하느라고 자지도 않으면서!"

엄마는 분개하고.

"폰이 낫지. 그건 안 피곤하니까."

언니는 반박하고.

"산책하고 오면 있던 피로도 싹 풀리거든? 적당한 운동이 건강에 얼마나 좋은데."

"산책하면 피곤해져. 피곤하면 건강에 안 좋고."

토요일 저녁으로 시킨 순살 치킨 두 마리 반을 식탁에 두고 앉아, 엄마와 언니는 뼈 있는 말을 주고받았다. 누가 보면 산책깨나 해 본 사람들인 줄 알겠지만, 천만에. 엄마는 멀리 놀러 갔으면 갔지 동네 산책은 안 하던 분이고, 언니는 뼛속까지 집순이다.

"아이고, 됐다. 됐어. 업고 갈 것도 아니고 억지로는 못 데려가지. 여름이 넌? 같이 갈 거지?"

엄마가 손에 묻은 튀김옷 부스러기를 털듯 언니를 포기하고 내 쪽으로 공을 몰았다.

"나? 몰라요, 난……."

난 앞접시에 묻은 소스를 닭고기 조각으로 깨끗이 닦아 내는 작업에 몰두하던 중이라, 방비책도 없이 공을 받고 말았다. 아, 이 걸 어디로 패스하지.

"공원에 고양이 많을 텐데."

내가 허둥대는 틈을 치고 들어오는 아빠. 아빠는 당연히 엄마 편이니까 엄마를 도와 공을 몰고 가고, 나는 어어어어, 끌려간다. 우리 아빠는 영업 팀에서 일하는데, 물렁물렁해 보여도 실력은 좋은 편이다. 고양이 얘기를 듣자마자 산책 갈 때 입을 옷을 머릿속으로 고르기 시작한 나만 봐도 그렇다.

"맞아, 여름이가 고양이 좋아하지. 저번에 가 보니까 공원에 고양이 정말 많더라."

엄마가 아빠를 거들고 나섰다. 그때 나는 이미 우리 가족 밤 산책에 참여하기로 마음을 굳힌 상태였다. 산책길에 고양이의 치명적 귀여움을 부모님에게 영업하다 보면 언젠가 고양이를 키우게 될지도?

엄마 말대로 난 고양이를 좋아한다. 정말로 좋아한다. 초등학교에 입학하고부터 줄곧 장래 희망이 고양이 집사였으니 말 다 했다. 휴대폰 메모장에 '고양이 이름'이라는 목록도 있다. 머스터드와 케첩, 어리와 둥절, 열무와 미나리, 민트와 핑크 등등. 둘이 아니라 하나여도 상관없다. 그 유일하고 소중한 녀석의 이름은 머스터드로 하리라! 엄마는 반려동물을 귀찮아했지만 사랑은 성가심을 이기는 법. 나는 고양이를 향한 내 사랑을 엄마의 귀차니즘과 겨루어 볼 각오가 되어 있었다.

당장 그날 밤부터, 가을 언니를 뺀 우리 세 사람은 산책에 나섰다. 근처라 해도 공원까지 가는 데만도 십오 분이 걸렸다. 괜찮아, 걷기 운동은 몸에 좋고 고양이는 영혼에 좋으니까.

야트막한 산자락에 있는 공원에 들어가려면 오르막 진입로를 거쳐야 했다. 과연 고양이가 많은 곳이었다. 곳곳에 깨끗한 밥그릇과 물그릇이 놓여 있었다. 누군가의 보살핌을 받아서인지, 고양이들은 사람을 크게 경계하지 않았다. 나는 밥을 먹거나 나뭇잎으로 장난을 치는 고양이들을 넋 놓고 봤다. 색과 무늬가 다양하기도 하지. 노랑둥이, 삼색이, 젖소, 고등어……. 랜선 집사로서 고양이 카페를 들락거리며 배운 용어를 되뇌며 한 녀석씩 살피는 사이, 엄마와 아빠는 저만치 앞서갔다.

"고양이 실컷 구경하고, 저 위에 시계탑 앞에서 만나자!"

엄마가 뒤돌더니 손나팔을 만들어서 외쳤다.

아무리 가로등 불이 환하다지만, 개를 산책시키거나 가벼운 운동을 하러 나온 사람들이 끊이지 않는다지만, 밤 아홉 시가 넘었는데 나 혼자 언덕길에 내버려 두고 가다니. 평소 나한테 맛있는 걸 자주 제공해 주지 않았다면 나쁜 사람들이라고 오해할 뻔했다. 오늘만 해도 치킨을 얻어먹었으니 악평은 넣어 두기로.

운동화 끈이 풀려서 묶으려고 쭈그려 앉자, 뭔가 날아와 끈을 톡 건드렸다. 난 깜짝 놀라 튕기듯 일어났다. 벌레인가! 벌레겠지! 톡, 톡, 톡, 달려드는 벌레. 가로등 불빛을 두 팔로 휘저으며 팔짝거리는 나를 길고양이들이 구경했다.

난리 댄스로 화려한 스텝을 밟고 나서야 진상이 파악되었다. 사방으로 통통 튀어 오르는 그 괴물체는, 벌레가 아니라 씨앗이었다. 길 건너편의 나무가 조그만 씨앗을 쏘아 보내고 있었다. 과학 잡지에서 본, 식물의 다양한 번식법이 떠올랐다. 저런 방법도 있었나? 꼭 팝콘을 튀기는 것 같았다.

잠깐, 팝콘이라고? 팝콘, 팝콘나무, 어디선가 본 말인데…… 어디였지?

팝콘나무를 검색하자 이팝나무가 나왔고, 그제야 용연에 갔다가 주운 명함이 떠올랐다. 휴대폰 케이스에 끼워 둔 채로 몇 주 동안 잊고 지냈다. 명함을 꺼내 보자 다시 봐도 허술한 약도에 '팝콘나무'라는 출발점이 표시되어 있었다. 나는 길을 건너 나무 앞으로 갔다. 팝콘처럼 씨앗을 튀겨 내는 이 나무는, 잎사귀 생김새가 이팝나무 사진과 달랐다.

하지만 눈앞의 나무가 이팝나무인가 아닌가, 그건 중요한 문제가 아니었다. 이 나무가 약도에 그려진 팝콘나무가 맞느냐, 그 점이 중요했다. 얘가 명함에 그려진 팝콘나무라면, 이 길의 끝에 코스모스 그룹이 있을지도 모른다는 얘기니까.

"코스모스 그룹⋯⋯."

나무와 명함을 번갈아 보며 내 딴에는 무게를 잡은 목소리로 중얼거렸다. 코스모스 그룹이라니, 정체가 뭘까. 코스모스를 전문적으로 파는 대형 꽃집인가? 꽃집에 그룹은 너무 거창한데.

나는 운동화 끈을 조이고, 옷에 묻은 먼지도 괜히 손으로 한 번 털었다. 자아, 짧은 탐색을 시작해 볼까. 신기한 나무가 날 응원하듯 톡, 탁, 톡, 박수를 쳤다.

길을 오르며 주변을 살폈다. 왼쪽은 숲이라 건물이 없었고 오른쪽에는 연립주택이나 음식점만 늘어서 있을 뿐 코스모스 그룹이란 곳은 없었다. 그러면 그렇지, 후미진 산책로에 그룹은 무슨 그룹이 있다고, 하는 순간, 어느 건물의 위쪽에 한 글자씩 붙은 간판이 보였으니.

코 스 모 스 그 룹

맞은편으로 고개를 돌리자, 약도에 그려진 대로 계단이 있었다. 심장이 뛰었다. 갈비뼈 안쪽에서 팝콘이 튀겨지듯이.

생일에 용연에서 발견한 명함의 코스모스 그룹이 우리 동네 자목련동에 있다! 이 정도 우연이면 좀 놀라도 되지 않나? 나중에 밝혀지기로는 우연이 아니었지만, 그때만 해도 난 아무것도 몰랐으니까.

뛰던 가슴이 가라앉자 코스모스 그룹의 실체가 눈에 들어왔다. 호들갑 떨 것도 없이 그건 그냥, 버려진 2층짜리 건물이었다. 창문에는 유리 없이 창틀뿐이고 헐거운 출입문은 문틀에 겨우 매달려 덜렁거렸다. 외벽을 휘감은 담쟁이덩굴만 생생하고 싱싱해서, 뚫린 창문에 초록 커튼을 드리웠다. 건물 앞쪽에는 외벽에서 떨어진 벽돌 조각이 산산이 부서진 채로 어지럽게 흩어져 있었다.

팝콘처럼 고소한 기대감이 진동하던 마음에 퍼져 나가는 실망감. 갓 튀긴 팝콘을 먹다가 질긴 옥수수 껍질을 씹었을 때처럼 입맛이 썼다. 뭘 기대한 거야, 채여름. 코스모스 화환을 쓴 꿈과 환상의 요정이라도 만날 줄 알았어? 언덕길을 오르는 3분 사이에 그렇게나 알찬 꿈을 요리했다니, 끓인 물 붓고 3분이면 완성되는 컵라면도 아니고.

건물로 다가가 출입문 틈새로 안쪽을 살펴보았다. 시커먼 어둠이 얼굴을 간지럽히고 곰팡이와 먼지 냄새가 콧구멍으로 파고들었다. 이 밤중에 혼자 들어갈 엄두가 나지 않았다. 자목련동은 오래전에 번성했다가 이제는 쇠락한 동네라, 골목길마다 폐건물이 흔하다. 어른들이 동네 흉물이라 부르는 그런 건물들은 어느 날

허물리게 마련이었고, 공사를 거쳐 카페나 음식점으로 변신하기도 했다. 예전에 뭐 하던 곳인지 짐작도 가지 않는 코스모스 그룹도 그렇게 되겠지.

손에 쥔 휴대폰이 울렸다. 아빠였다.

"여름아, 어디쯤이야? 우린 시계탑 앞에 다 왔는데."

"금방 갈게요."

진입로로 돌아가 남은 길을 오르다 말고 코스모스 그룹 간판이 붙은 건물을 돌아보았다. 가로등 불빛 아래, 뚫린 창문이 검은 눈동자처럼 나를 마주 보았다. 어디선가 고양이가 울고, 마음속에 팝콘나무가 톡, 탁, 씨앗을 튀기는 소리가 섞여 들었다. 어찌 보면 공포 영화의 한 장면 같지만, 나한테는 새로운 노래의 전주처럼 다가왔다. 전주가 끝나면 어떤 노래가 이어질까? 가사는, 멜로디와 박자는 어떨까?

시계탑 쪽으로 가자 엄마가 어서 오라며 손을 흔들었다.

나는 밝은 날 코스모스 그룹을 다시 찾아가 보기로 결심했다.

여름

다비드호에 오신 것을 환영합니다

1

어느 수요일, 공원으로 향했다. 차와 사람으로 시끄러운 대낮이라 그런지 고양이들이 보이지 않았다. 야행성에 겁도 많은 애들이라는 걸 알면서도 아쉬웠다. 움직일 때마다 바지 주머니에 넣어온 고양이용 간식 봉지가 바스락거렸다.

언덕길을 올라, 코스모스 그룹 앞.

낮에 보니 더욱 흉물스러웠다. 늦여름 오후에 내리쬐는 햇살이 건물의 실체를 드러냈다. 벽돌이 떨어져 나간 외벽은 반짝거리는 장식이 없어진 머리핀처럼 초라하고, 담쟁이덩굴은 구멍뿐인 창문을 넘어 안으로 파고들고, 전반적으로 답이 없고.

나는 출입문 주변을 서성거리며 주저주저했다. 쓰지 않는 건물이라도 주인은 있을 텐데 내 맘대로 막 들어가도 되나. 게다가 반쯤 열린 채 엉성하게 매달린 문 안쪽은 블랙홀처럼 어두웠다.

저 안에 뭐가 있을까. 아무것도 없다면 김이 빠지겠지. 뭔가 예상외의 것이 있다면 무서울 테고.

포기하고 돌아서려는데 꿀벌 한 마리가 날아와 내 주위에서 붕붕거렸다. 초강력 끈적끈적 벌꿀이라도 밟은 듯 발걸음이 떨어지지 않았다. 혹시 생일날 용연에서 본 꿀벌인가? 생일 선물로 코스모스 그룹의 명함을 준 녀석. 말도 안 되는 상상 덕분에 긴장이 느슨해졌다. 이러니까 잡생각을 못 끊지. 엄마가 에어 프라이어에 돌려서 바삭 촉촉하게 살려 낸 묵은 치킨처럼, 내 마음속에서도 탐험가 정신이 되살아났다. 그래, 까짓것! 들어가 보는 거야! 시멘트 덩어리일 뿐이잖아.

맞아, 그렇다니까? 꿀벌이 맞장구치듯 얇은 날개를 부웅, 하더니 건물로 날아 들어갔다. 문짝을 살짝 잡아당기자 끼익 소리도 없이 순순히 열린다.

꿀 묻은 발을 떼어 건물 안쪽으로 디뎠다. 죽은 생쥐라도 밟을까 봐 겁이 났지만 다행히 발에 닿는 것은 딱딱한 바닥뿐이었다. 숨을 들이마실 때마다 케케묵은 먼지가 코로 들어왔다.

"괜찮아. 먼지 같은 건 코털이 걸러 준다고 했어."

소리 내어 나 자신을 격려했다. 아빠가 끈질긴 전화 영업에 넘어가서 (같은 영업 사원으로서 동지애를 느꼈나?) 과학 잡지의 삼 년 치 정기 구독권을 끊어 줬는데, 그게 이럴 때 도움이 된다. '피가 되고 살이 되는 꿀팁'이라는 꼭지에서는 '낯선 곳에 갈 때는 그곳 위치를 가족이나 친구에게 남겨서 내 안전을 지키자!'란 내용을 소개하기도 했다. 나랑 연락이 안 되면 신고해 달라고 엄마와 아빠한테 메시지라도 보내 놓을까.

하지만 휴대폰이 꺼져 있다. 오래되어서 가끔 그러는데 하필이면 지금 딱. 가만, 영화를 보면 꼭 이럴 때 무서운 일이 일어나잖아? 지금이라도 나가야 하나.

꿀벌이 쓸데없는 걱정 말고 따라오라며 날갯짓했다. 어둠 속에서도 꿀벌만큼은 초소형 길잡이별처럼 잘만 보였다. 나는 고집 어린 호기심으로 어둠과 먼지를 더듬거리며 걸어갔다.

뭔가 물컹한 것이 발에 밟혔다.

'으아아아아아아아아아악!'

원주율만큼이나 긴 비명이 목구멍에 걸려 파닥거렸다. 눈을 부릅뜨고 살펴보니 두 짝을 하나로 뭉친 목장갑이었다. 난 또 뭐라고. 롤러코스터에서 급강하를 마치고 평지로 진입했을 때처럼 밀려드는 안도감.

좁은 복도를 지나자 2층으로 올라가는 계단이 나왔다. 계단 위쪽의 창문에서 햇볕이 비쳐 들고, 벌이 붕붕거리며 내 발걸음을 재촉했다. 여기까지 왔는데 끝까지 가 봐야지. 나는 마른침을 삼키고는 계단을 올랐다.

2층에는 고물 가구와 쓰레기만 뒹굴 뿐, 끔찍한 것도 그럴듯한 것도 없었다. 서랍이 열린 책상이나 부러진 플라스틱 자, 찌그러진 음료수 깡통 등 온갖 잡동사니들은 이곳이 왜 코스모스 그룹인지 말해 주지 않았다.

에이, 뭐야, 별것 없잖아. 과다 충전되었던 탐험가 정신이 급속도로 방전되었다. 최소한의 조심성마저 버리고 쿵쾅대며 계단을 내려왔다. 조금 전 내 심장을 들었다 놓은 목장갑 뭉치를 발로 툭 차고는 출입문을 밀었다.

그런데 문밖은, 밖이 아니라 안이었다.

공원 진입로는 어디 갔는지 사라지고, 호텔처럼 깔끔한 실내가 눈앞에 펼쳐져 있었다.

나는 입을 벌린 채 멍하니 서 있다가 잠에서 깨어난 듯 앞쪽을 둘러보았다. 밝고 깨끗한 공간이었다. 광택이 도는 크림색 벽 가운데에 검은색과 노란색 가로선이 위아래로 나란히 그어져 있고, 마룻바닥에 깔린 황금빛 카펫은 기하학적 무늬로 화려했다. 카펫 밑으로 드러난 짙은 갈색 마루는 조각조각 정육각형 모양이라 꼭 벌집 같다. 볶은 땅콩 냄새와 장미 향기가 나비처럼 우아하게 공기를 어루만지고 다니는 이곳은, 대체 뭐지? 뒤를 보자 컴컴한 코스모스 그룹이 있었다.

두꺼운 책을 꽝 덮듯 눈을 꽉 감았다가 떴다. 책처럼 펼쳐지는 눈앞의 풍경은 여전했다.

구구단 중에서도 고난도인 9단을 거꾸로 외워 봤다. 구구 팔십일, 구팔에 칠십이, 구칠에 육십삼, 구육에 오십사, 구오 사십오……. 막힘이 없군. 이쯤 되면 꿈은 아니다. 헛것도 아니고 꿈도 아니라면 이 상황은 대체 뭘까.

지금, 여기, 이것들이 모두 현실이라는 건가? 오늘 급식으로 나온 잡채와 동그랑땡처럼? 나는 잡채와 동그랑땡을 다 먹고 팩에 든 사과 주스의 마지막 한 방울까지 처리하고 왔다.

엄마가 위험한 곳에 가지 말라고 했는데 지금 여기서 이러고 있어도 되나? 그렇지만 도망가고 싶어도 문밖의 세상이 사라졌는데 어쩌라고. 이러지도 저러지도 못하고 식은땀만 흐른다.

저 멀리 중앙에 크고 둥근 창문이 보였다. 벽에 그어진 선이 창문의 양쪽 테두리와 맞닿는 곳에서 검정 선은 위쪽으로, 노랑 선은 아래쪽으로, 둥근 창틀을 따라 감싸듯이 이어져 있다. 창밖으로 파란 바다가 아른거린다. 자목련동이 아무리 바닷가 동네라지만 이쪽에서는 숲에 가려져서 바다가 보일 리 없는데? 고개를 돌려 봐도 뒤편은 역시나 코스모스 그룹.

이번에야말로 모험과 탐험 정신이 필요했다. 숨을 깊이 들이마셔 급속 충전을 마치고는 의문의 공간으로 발을 내디뎠다. 이 상황까지 왔으니, 마지막으로 사과 주스를 마실 차례였다.

카펫을 밟으며 걸을 때마다 발에 푹신한 감촉이 전해졌다. 물컹거리지도, 딱딱하지도 않았다. 조금 전까지 있던 코스모스 그룹의 낡은 건물과는 딴판이다. 창문 앞까지 걸어가 그 너머를 내다보자 푸르고, 파랗고, 새파랬다. 정말 바다였다.

"저건…… 지구잖아!"

나는 창밖을 보며 외치고 말았다. 바다는 바다인데, 지구 밖에서 보는 바다였다. 지구의 중력에 갇혀서 푸르게 빛나는 바다.

말도 안 돼. 그럼 내가 우주에라도 있다는 얘기야?

그때, 누군가의 목소리가 들려왔다.

"다비드호에 오신 것을 환영합니다, 여름 양."

2

소스라치며 돌아봤더니, 꿀벌이었다. 개미처럼 부지런하면서도 베짱이처럼 삶의 한때를 즐길 줄 안다는 인상을 주는, 진짜 꿀벌까지는 아니고 꿀벌의 의인화랄까. 사람 모습과 크기에 머리만 꿀벌이다. 외모 말고 다른 면으로도 미묘하게 현실감이 떨어진다 싶었는데…… 홀로그램이잖아? 어쩐지 인기척이 없더라니.

"이런, 놀라게 해 드려서 죄송합니다. 저는 다비드호의 선장입니다. 이렇게 정식으로 뵙게 되어 반갑습니다. 여름 양이라면 여기까지 잘 찾아올 거라고 믿어 의심치 않았답니다. 전 실마리가 되도록 꿀 한 방울을 흘려 놨을 뿐이지요."

선장이라고? 선장들이 입을 법한 제복 차림이기는 하다. 꿀벌 선장이 주머니에서 명함을 꺼내 보였다. 내가 휴대폰 케이스에 보관해 둔 명함과 똑같다.

"저, 저기요, 질문이 있는데요……."

손을 들고 말했다. 목소리도 떨리고 손도 떨리고.

"질문이라면 얼마든지요, 여름 양."

말끝마다 붙이는 '여름 양'이란 말이 닭살은 좀 돋아도 상당히 친절하게 들리는 것도 사실이어서, 어쩐지 마음이 놓였다.

"여기가 어디……예요?"

"말씀드렸다시피 이곳은 다비드호랍니다."

우리 동네 근처의 바다를 도는 유람선 이름이 다비드호다. 그런데 내가 보기에 여기는 유람선이 아니라 우주선이다. 창밖의 저 푸른빛이 푸른 별 지구가 확실하다면. 그리고 한 가지 더, 내가 제정신이라면.

"하지만 전 코스모스 그룹을 찾아온 건데요?"

"코스모스 그룹은 다비드호로 건너오는 통로예요. 다비드호는 여름 양에게 맞춤 정보를 제공하는 안내소고요. 우주의 초기화를 도와주는 곳이지요. 그렇지, 말 나온 김에 이 말씀을 드려야겠군요. '코스모스'는 바로 우주란 뜻이랍니다."

공중에 'cosmos'란 단어가 떴다. 코스모스, 우주. 코스모스 그룹의 코스모스가 그 코스모스였어? 학원에서 배운 단어였다. space, universe, cosmos. 우주, 우주, 우주.

"코스모스는 멕시코가 원산지인 국화과 한해살이풀을 가리키는 말이기도 하지요. 용연 근처에 한 무더기 피어 있던 꽃 말이에요. 코스모스 그룹과 코스모스 꽃. 어떤가요, 짝이 잘 맞지 않나요?"

활짝 핀 코스모스 꽃과 다 쓰러져 가는 코스모스 그룹 건물이 있는 지구를 떠나, 저 머나먼 코스모스로 떠밀리는 불쌍한 내 멘털. 나는 아무런 대답도 못하고 숨만 크게 들이마셨다가 내쉬었다. 안 그래도 파사삭 부서진 정신을 더욱 교란하는 꿀벌 인간한테서 시선을 돌리자, 지구의 중력에 사로잡힌 채 빛나는 바다가 보였다. 그러니까, 지금 여기가 우주라는 거지?

"알아차리셨군요? 다비드호는 우주 공간을 헤엄치는 배랍니다. 다비드호에 오신 것을 다시 한번 환영합니다."

꿀벌 선장이 허리를 숙여 정중하게 인사했다.

지구 한구석의 자목련동에서 우주선 다비드호로 점프한 나는, 그 우주적 황당함에 기가 질려 힘이 빠졌다. 휘청거리다가 바닥에 주저앉으려는데 노란색 벨벳 소파가 스르륵 뿅 나타나 엉덩이를 받쳐 준다.

"안색까지 창백해지시고, 그렇게 걱정할 일은 아니에요. 이 우주는 여름 양을 배신하지 않습니다. 원할 때면 언제든 여름 양은 이 세상을 초기화할 수 있답니다. 끝냈다가, 다시 시작하는 거예요. 결정권은 어디까지나 여름 양에게 있어요. 이곳은 바로 여름 양의 우주니까요."

'초기화'란 말이 진득한 밥풀처럼 뇌에 달라붙었다. 초기화라면, 휴대폰을 리셋할 때의 그 초기화를 말하는 건가? 망한 게임을 다시 시작할 때처럼 이 세상을 확? 꿀벌 선장의 말을 빌리자면 나의 우주를? 문득 겁이 나도록 무서운 궁금증이 생겼다.

"이 세상이 내 우주라면요, 무슨 일이 일어나든 다 제 책임인 건가요?"

전쟁과 테러, 급격한 기후 변화에 따른 홍수와 산불, 오존층 파괴, 태평양을 떠도는 거대한 쓰레기 섬, 기아와 전염병……. 과학 잡지에서 본 지구의 암담한 현실이 단톡방에 쏟아지는 메시지처럼 머릿속을 어지럽혔다. '나의 우주'인 지구에서 실제로 그런 일이 일어나고 있으니까. 하루도 빠짐없이, 수많은 곳에서.

"오, 아니에요. 이런 표현은 죄송하지만, 그건 좀 뭐랄까요, 오버 같습니다만?"

꿀벌 선장이 별로 미안해하지 않는 표정으로 말했다. '맞아요, 여름 양 탓이에요' 하며 미안해하는 것보다는 낫습니다만…….

"여름 양에게 초기화 권한이 있다는 거지, 무슨 일이든 책임질 의무가 있다는 얘기는 아니거든요. 물론 모든 걸 마음대로 할 권리도 없지요. 여름 양은 이 우주의 주인공이지만 주인은 아니랍니다."

엄마와 아빠도 세상 참 마음대로 안 된다고 푸념할 때가 있다. 우리 집을 뒤흔들었던 부모님의 동시 실직 사건, 쇠를 긁는 소리처럼 신경을 자극하는 언니의 중2병, 내 신통치 않은 공부 머리와 뻣뻣한 운동 신경 등등 수많은 예를 봐도 그렇고. 어쨌거나 저쨌거나, 이 세상과 우리 집의 주름과 얼룩이 내 책임은 아니라니 다행이다.

"이 세상이 여름 양의 우주라고 해서 필요 이상으로 부담감을 느끼거나 으스댈 필요는 없답니다."

으스대기는 내가 언제? 방금 알아서 그럴 시간도 없었거든요? 친절한 목소리로 아무렇지도 않게 할 말은 다 하는 곤충 인간이었다.

"모든 존재에게는 각자의 우주가 있고, 모두가 자신의 우주에서는 주인공이지요. 다시 한번 얘기하는데, 이 우주의 주인공은 여름 양입니다."

모든 존재에게 각자의 우주가 있다는 말은 이해가 갔다. 내 인생 멘토라 할 수 있는 과학 잡지에 따르면, 우주는 한계 없이 무한하다고 하니까.

"그러면 정말 제 맘대로 세상을 초기화할 수가 있어요? 그래도 돼요?"

"안 될 게 뭐가 있겠어요. 여름 양의 우주인걸요."

"왜요?"

"네?"

"왜 굳이 그런 능력이 있는 거냐고요."

"여름 양의 우주니까요. 자기 우주에서 다들 소유하게 되는 능력이랍니다."

한숨이 나오려고 해서 숨을 참았다. 왜 하필 이 우주가 내 우주냐고 물어봐도 꿀벌 선장은 '그야 여름 양의 우주니까요'라며 도돌이표를 그리겠지.

"자, 그렇다면 이제 초기화 방법을 설명해 드릴 차례군요."

"잠깐만요. 초기화를 하면 이 세상은 어떻게 돼요? 처음부터 다시 시작하는 거예요?"

"네. 엄마 배 속에서 여름 양이 다시 태어나는 거지요."

"우리 엄마는요? 엄마도 다시 태어나요?"

"아무래도 그렇겠지요? 누군가는 여름 양을 낳아야 하니까요. 포유류의 숙명이라고나 할까요."

"엄마의 엄마는요? 엄마의 엄마의 엄마는요? 최초의 엄마는요?"

"모든 것에는 처음이 있지요, 여름 양. 그리고 처음이란 건 생각하기에 따라 그 정의가 달라진답니다. 우주 탄생이 최초의 시작일 수도 있고, 지구가 탄생한 순간을 가장 처음이라 볼 수도 있을 겁니다. 그 시작점은 초기화할 때마다 매번 달라질 수도 있고요."

"시작점이 매번 달라질 수 있다고요? 그럼 다른 거 또 뭐 달라지는 거 있어요?"

"오, 예리한 질문인데요! 혹시 과학 잡지를 구독하십니까?"

"네? 그렇긴 하지만……."

"역시 그렇군요! 질문에 답해 보자면, 초기화를 하면 세부 내용에 변화가 생기게 마련이랍니다. 버전이 달라지는 셈이니까요."

"그럼 다른 버전에서는 지금 우리 엄마 말고 다른 사람이 우리 엄마일지도 모르겠네요?"

"주요 인물은 역할이나 구성이 크게 바뀌지 않는다고 알려져 있지만 절대적 규칙은 아니라서요."

"저는요? 저도 달라져요?"

"여름 양이야 언제, 어디서든 항상 여름 양이지요. 세부 요소는 조금씩 변화가 있을지 몰라도 본질은 똑같아요. 여기는 여름 양의……."

"네, 알아요. 저의 우주니까요. 이젠 알겠어요."

나는 꿀벌 선장의 나머지 말을 대신하며 소파에서 일어났다. 이곳은 나의 우주다. 구구단 2단처럼 확실히 외웠다. 꿀벌 선장은 그런 나를 대견스러워하는 눈빛으로 바라보았는데, 급식으로 나온 소떡소떡을 볼 때의 내 표정과 비슷했다.

"좀 전에 말을 하다 말았는데 초기화 방법을 알려 드리자면, 이제부터 뉴스를 주의 깊게 보셔야 합니다. 머지않아 운석이 떨어졌다는 소식이 들려올 텐데, 그곳에 가야 초기화를 할 수 있어요. 운석이 초기화 버튼이거든요."

"운석이 떨어져도 그게 남아 있을까요? 연구하려고 가져가잖아요. 처음 발견한 사람이 주워 갈지도 모르고요."

없는 상식이 없는 과학 잡지의 위대함이란. 아빠에게 삼 년짜리 정기 구독권을 떠넘긴 사람이 사실은 예언자나 선지자가 아닌가 싶을 정도다.

"사람들이 가져가는 건 그림자뿐이에요. 운석에 날개라도 돋아나서 원래 있던 곳으로 날아가면 모를까, 진짜 운석은 떨어진 자리에 그대로 있을 겁니다. 그 운석을 발로 꾹 밟으면 초기화가 됩니다. 한번 실행하면 취소가 안 되니 신중하게 결정하세요."

'환불 절대 불가'라고 써 붙인 지하상가의 옷 가게가 떠올랐다.

꿀벌 선장이 시간을 확인하는 척하더니 이제 헤어져야 할 시간이라고 했다. 다비드호는 뭐든 급작스러운 듯하다.

"조심해서 가세요, 여름 양. 뭔가 문제가 생기면 언제든 저를 찾아오시고요."

언제든 찾아오라는 말이 다음 달에 휴대폰을 바꿔 주겠다는 엄마의 약속처럼 헛말인 줄 알았다면 그토록 쉽게 쫓겨나지 않았을 텐데. 궁금한 거 다 물어보며 꿀벌 선장을 라면의 별첨 액상 스프처럼 쥐어짰을 것이다.

"저기요, 잠깐만요. 초기화를 꼭 해야 하는 건 아니죠?"

근무 시간 끝나가는 알바생처럼 조급하게 구는 꿀벌 선장에게

나는 이 한마디밖에 묻지 못했다.

"먹음직스러운 떡도 안 먹으면 배가 고프고, 몹쓸 독약도 마시지 않으면 해가 없지요."

그러더니 꿀벌 선장은 집으로 돌아가는 방법을 알려 주었다. 문을 열고 나가면 코스모스 그룹일 테니, 2층으로 올라갔다가 내려와서 다시 출입문을 열라고 했다. 그러면 공원 진입로가 나올 거라고.

처음 이곳으로 들어온 문, 그 문을 열자 컴컴하고 침침한 코스모스 그룹이 나왔다. 내가 발로 찼던 목장갑이 보였다. 걸어가서 발끝으로 건드려 본다. 아까 그대로네, 생각하며 뒤를 돌아보니 어느새 닫힌 문.

꿈을 꿨나? 정신에 오류 메시지라도 떴나? 나 자신이 또 의심스러워졌다. 방금 전에 겪은 일이 진짜인지 아닌지 고민하려니 머리가 지끈거렸다. 여기서 얼른 나가야겠다는 조바심에, 2층으로 올라가라던 꿀벌 선장의 말을 잊어버리고 그냥 돌아서서 다시 문을 열었다.

그러자 거기는, 이번에도 밖이 아니라 안이었다. 다분히 벌집 느낌으로 꾸며진 다비드호의 실내 말이다.

"제때 귀가하려면 서두르셔야 할 텐데요?"

꿀벌 선장은 이럴 줄 알았다는 듯 문 앞에 기다리고 서 있다가 손가락을 좌우로 흔들었다.

이번에는 꿀벌 선장의 말대로 건물의 2층에 올라갔다가 내려와서 출입문을 열었다. 마침내 나타난 공원 진입로. 길로 나와서 본 코스모스 그룹은 여전히 흉물이었다.

고개를 들어 건물을 올려다보는데 2층 창으로 빠져나온 꿀벌 한 마리가 귀를 스치고 날아갔다. 나를 코스모스 그룹으로 안내한 그 꿀벌이었다고, 난 확신한다.

3

2주 뒤. 가로 10센티미터, 세로 8.5센티미터, 높이 8센티미터 크기의 운석이 강원도 영월에 떨어졌다.

그날 나는 공원에 갔다.

코스모스 그룹 건물에는 '우주 카페, 곧 개업합니다'라는 현수막이 걸려 있었다. 곧 공사를 시작할 모양인지 벽돌과 시멘트가 쌓여 있었다. 그러나 뚫린 창문으로 훤히 들여다보이는 건물 안에는 아무도 없었고, 공사하는 소리도 들리지 않았다.

나는 주변을 둘러보고는 건물 안으로 들어갔다. 2층까지 올라갔다가 내려와서 문을 열었지만 다비드호도, 꿀벌 선장도 없었다. 공원 진입로의 가로수가 초록빛으로 흔들릴 뿐이었다.

여름

그건 진심이 아니었는데

1

다시 말하지만, 무엇에든 처음이 있다. 첫 번째 생과 마찬가지로 첫 초기화도 비교적 뚜렷하게 기억난다.

꿀벌 선장을 만나고도 삼 년이 흐른 그때, 열다섯의 나는 놀랍게도 내 인생에 꽤 만족하고 있었다. '㈜꿀벌인생만족도조사연구소' 같은 데서 '당신 인생의 만족도는 몇 점입니까?'란 설문조사를 한다면 '매우 만족'까지는 아니더라도 '웬만큼 만족'은 된다고 답했을 가능성이 크다. 왜냐하면, 우리 집에도 드디어 고양이가 생겼기 때문이다! '나만 없어 고양이'에서 '나도 있어 고양이' 상태가 된 것이다. 두 녀석이면 머스터드와 케첩, 한 녀석이면 머스터드. 고양이 이름 목록에서 1순위 후보였던 바로 그 머스터드, 노랑둥이 고양이 말이다.

큰비가 내리던 날, 우리 집 차의 보닛에 올라가 젖은 몸을 말리던 새끼 고양이……로 보였는데 알고 보니 청소년묘. 그날 아빠는 지하 주차장에 차를 세우고 집 앞까지 올라왔다가, 차에 두고 온 휴대폰을 가지러 주차장으로 돌아갔다. 그 사이 웬 고양이가 차에 올라가 웅크리고 있었다. 시동을 끈 지 얼마 되지 않아 보닛이 따뜻해서였겠지. 녀석은 아빠가 차 문을 열고 휴대폰을 꺼내는데도 꼼짝하지 않았다. 그냥 두고 가면 더 따뜻한 엔진룸에 들어가 버릴지도 몰랐다. 그리하여 고양이 분야에서는 (우리 집에서만) 전문가인 나에게 자문 요청이 들어왔고, 엄마 말을 인용하자면 '그것이 실수'였다. 내가 길고양이 전담 영웅처럼 번개 같은 속도로 담요와 종이 상자를 챙겨 주차장으로 내달렸으니까.

나는 주차장에 도착하자마자 맨손으로 고양이를 붙잡아 상자에 넣었다. 녀석은 고양이 주제에 비 맞은 생쥐 꼴이 되어 오들오들 떠느라 도망갈 정신도 없어 보였다.

"아빠, 동물 병원! 얼른!"

조수석에 타서 고양이 상자를 무릎 위에 올리고 외친 말.

"병원? 아, 알았어."

아빠는 딸의 박력에 기가 눌린 듯 운전대를 잡았다. 도움이 필요한 고양이를 발견하면 어떻게 해야 하나, 틈만 나면 공부와 상상을 거듭하며 다년간 준비해 온 나였다. 그 노력이 빛을 발하는 순간이었다.

쏟아지는 빗줄기를 헤치고 동물 병원에 갔더니 접수대에서 고양이 이름이 뭐냐고 물어봤다. 나는 물론, 머스터드라고 대답했다. 아빠는 "머스터드? 겨자 소스 말하는 거야?" 하고 물었지만 내 결연한 눈빛을 보고는 "둘 다 노란색이긴 하네. 그러든가……" 하며 말끝을 흐렸다.

수의사 쌤은 머스터드를 살피더니 태어난 지 5~6개월쯤 된 듯하다고 추정했다. 새끼 단계를 벗어난 청소년이란 뜻. 양쪽 눈에 결막염이 심하고 엑스레이상 장기에는 이상이 없고, 아무래도 길냥이다 보니까 마르기는 깡말랐다.

"목에 구충제 발라 놨으니까 오늘은 목욕시키지 마시고요, 눈은 하루에 네 번 안약을 넣어 주셔야 해요."

"안약을, 하루에 네 번이나요?"

아빠가 놀라며 물었다.

"제가 할게요."

나는 수의사 쌤을 보며 바로 대답했다. 이틀 전부터 여름 방학이라 학교도 안 가겠다, 머스터드와 함께하는 시간이라면 공기속 산소만큼 확보해 둘 자신감이 충만했다.

엄마는 셋이 되어 돌아온 우리 둘에게 뭐라고 말하려다가, 담요에 둘둘 말린 머스터드를 보더니 콧바람만 뿜었다. 머스터드는 털 달린 동물을 귀찮아하는 엄마가 보기에도 불쌍하기 짝이 없는 몰골이었다. 결막염으로 붓고 짓무른 눈은 실금 같은 틈만 남았고, 길에서 못 먹고 고생한 몸은 뼈만 남았고.

따뜻한 물에 적신 수건으로 머스터드를 닦아 줬다. 땟국물에 시커메지는 수건. 내 방 침대 아래쪽에 푹신한 방석과 담요를 깔아 잠자리도 마련해 주고, 동물 병원에서 급한 대로 사 온 사료로 밥상을 차리고. 방과 연결된 발코니에는 모래 화장실을 만들었다. 깨끗한 물도 잊지 말 것!

"개를 어떡하려고 데리고 왔어? 키우기라도 하게?"

엄마가 문밖에 팔짱을 끼고 서서 물었다. 훗날 엄마가 회고하기를, '그것도 실수'였다. 키우기라도 할 테냐고 묻는데 '이왕 이렇게 된 거, 내쫓으면 너무 야박하지' 하는 생각이 들었다나. 마음은 언제나 정답을 알고 있다. 그걸 머리가 알아듣느냐 마느냐, 그것이 문제일 뿐.

"이렇게 쪼끄마한데 그럼 어떡해. 그냥 놔두면 죽는단 말이에요."

"죽기는……" 하면서도 엄마는 방한용 물주머니에 뜨거운 물을 담아서 가져다줬다.

한여름인데도 머스터드는 물주머니를 껴안고, 크기로 보자면 물주머니한테 안긴 모양새였지만, 어쨌거나 새근거리며 잠들었다. 숨 쉴 때마다 살갗 위로 불거져 나온 등뼈가 오르내렸다. 중2병을 졸업하고 고등학생이 되더니 수험생 병에 걸린 가을 언니가 고양이를 보러 친히 내 처소에 납시었다.

"애 이름이 뭐라고? 마요네즈?"

"여기서 마요네즈가 왜 나와? 머스터드야. 머. 스. 터. 드! 봐, 노란색이잖아."

"배는 하얀데 뭐. 살 좀 찌워야겠다."

언니는 가방에서 어육 소시지를 꺼내더니 침대 위에 던지고 나갔다. 무심한 척 다정하기는.

머스터드는 내 방을 본거지 삼아 우리 집에 눌러앉더니 '머쓱이'란 애칭도 얻었다. 꼬리를 너구리처럼 부풀리고 신이 나서 집을 뛰어다니거나 앞발로 세수하거나 사료를 오도독 씹어 먹다가, 갑자기 눈알을 데굴거리며 머쓱해하는 표정을 지어서였다. 너무 즐거운 티 내지 말고 내숭 좀 떨걸 그랬나, 하듯이. 머스터드란 본명은 "에헤이, 머스터드! 소파 뜯지 말랬지! 휴지는 왜 또 죄다 풀어 놓은 거야!" 등등 정색하며 혼낼 때 주로 불렸다.

천 소파는 너덜너덜해지고 두루마리 휴지는 장난감으로 전락하고 집 곳곳마다 고양이 털이 쌓이는 동안, 우리 가족은 머쓱이한테 정들었다. 특히 나로 말할 것 같으면, 머쓱이를 사랑하기에 이르렀다. 머쓱이는 내 동생이나 마찬가지였다. 어떨 때는 나의 외장용 영혼 같다는 생각마저 들었다.

그런 내 마음을 아는지, 안 그래도 개냥이인 머쓱이는 나한텐 애교를 특히 더 많이 부렸다. 결막염이 낫자 미온수에 행군 구슬처럼 반짝거리게 된 눈에는 나를 향한 우정과 애정이 넘쳐 났다. 평소에는 호박색인데 빛이 어떤 각도로인가 반사되면 보라색이 아른거리는 눈이었다.

머쓱이 천국에 빠진 나는 초기화는 잊고 살았다. 열두 살 여름에 코스모스 그룹에 가서 다비드호를 방문한 일은 지나간 꿈과 같은 일로 남았다. 용연에서 주운 코스모스 그룹의 명함은 책상 서랍 깊숙한 곳에 넣어 둔 지 오래였다. 이따금 귓가에서 붕— 하는 꿀벌의 날갯짓 소리가 들리는 듯했다. 그때마다 다비드호에서 만난 꿀벌 선장이 떠올랐지만 그 뒤로 다시 본 적도 없는데, 뭐. 지금 내 옆에는 머쓱이가 있으니 그걸로 됐다. 머쓱이 하나만으로도 이번 생은 충분히 만족스러웠다.

그러나 세상일은 마음대로 되지 않는 법, 우리 가족이 그다음 해에 콕 짚어서 강원도 영월로 여름휴가를 가게 된 것이다.

"가까운 데로 호캉스나 가면 안 돼? 아니면 집에서 에어컨이라도 실컷 틀어 주든가."

휴가 계획이 발표되자 가을 언니가 툴툴거렸다.

"나도 영월은 좀 그런데……."

삼 년 전, 영월에 운석이 떨어졌다는 사실이 생각나자 불안해졌다. 그 운석이 초기화 버튼이라고 그랬는데. 아, 이런, 꿀벌 선장까지 생각나 버렸잖아.

"어디 가고 싶은지 말하라니까 대꾸도 않더니만 이제 와서 딴

소리네. 영월이 뭐, 거기가 어때서. 경치 좋고 맛난 음식도 많다더라."

휴가용으로 나풀나풀 원피스에 밀짚모자까지 구매한 엄마가 나랑 언니를 타박했다.

"아니, 영월이 별로라는 게 아니라……."

"아니야? 아니면 뭔데 그래?"

"……."

꿀벌 선장에게 들은 이야기를 엄마에게 설명할 길이 없었다. 코스모스 그룹에서 겪은 일은 나만 아는 비밀이었다. 내가 이 세상의 주인공이라고 어떤 꿀벌이 그랬거든요? 다들 내 우주에서 나가 주시죠, 했다가는 우리 집 아싸가 될지도 몰랐다. 죄목은 자뻑 말기에 허언증 4기. 그 고백을 듣고 식구들이 지을 표정을 상상만 해도 수치스러웠다.

"자, 봐. 숙소랑 기차랑 다 예약해 놨어. 특가 패키지 상품이라 환불도 안 돼."

아빠가 휴대폰으로 예약 화면을 보여 주었다. 그것으로 상황 종료. 특가, 염가, 할인가를 좋아하는 아빠였다.

2박 3일짜리 짐을 챙기면서도 찜찜한 느낌이 젖은 앞머리처럼 이마에 달라붙었다. 다른 한편으로는 뭐 별일이야 있겠어, 싶기도 했다. 난 초기화 버튼인 운석이 정확히 영월 어디에 떨어졌는지도 몰랐다. 아무것도 모르는데 초기화를 어떻게 하겠는가, 못하지. 아는 것이 힘이라지만 모르는 것이 약일 때도 있는 법. 혼자 있을 머쓱이가 걱정되었지만 엄마랑 친한 동네 아주머니가 우리 집에 잠깐씩 들러서 화장실을 치워 주고 밥과 물도 주시기로 했다. 고마우신 분.

휴대폰 메모장에 저장해 둔 삼 년 전 기사를 읽어 보았다. 영월에 떨어진 가로 10센티미터, 세로 8.5센티미터, 높이 8센티미터짜리 운석. 발견 장소는 국유지인 어느 야산. 뒤이은 기사에서는 정부가 발견자와 협상을 벌인 끝에 운석을 구매해 갔다고 했다.

그래, 가 봤자 운석 없다니까. 나는 안심하고 메모장을 껐다. 진짜 운석과 운석의 그림자를 설명해 준 꿀벌 선장의 말은 까맣게, 어쩌면 의도적으로 잊고서.

2

영월로 가는 기차 안. 아빠는 앞뒤로 붙은 네 자리를 예매해 놨고, 엄마는 아빠와 나란히 앉은 좌석을 언니와 내 쪽으로 돌리려 했다. 네 명이 무릎을 맞대고 앉도록 말이다.

"돌리지 마, 불편해."

언니는 발을 뻗어 엄마가 좌석을 움직이지 못하게 막았다.

"얘가 왜 이래? 넷이 마주 보고 얘기하면서 가려고 이렇게 예매

한 거야."

"난 할 얘기 없어. 그리고 기차에서 떠들면 민폐야."

주변 사람들 보기에 창피해진 아빠가 엄마를 말렸다. 언니 탓인지 덕분인지, 나는 부모님의 얼굴이 아니라 뒤통수를 보며 가게 되었다. 이 세상이 나의 우주라지만 꿀벌 선장이 말한 대로 내가 주인은 아닌 듯. 가만 보면 언니가 왕 같았다. 싫다굽쇼 왕조의 프로 불편왕, 채가을.

CCTV 앱에 접속해서 머쓱이를 살펴봤다. 내 방에 안 쓰는 휴대폰을 설치해 두고 왔다. 녀석은 최애 방석 위에서 몸을 돌돌 말고 자는 중이었다. 집고양이가 되더니 오동통해진 머쓱이. 기분 좋을 때 나오는 버릇대로 고개는 천장을 향해 젖힌 채였다.

엄마와 아빠도 얼마 지나지 않아 서로에게 기대어 잠들었다. 옆자리에서는 쿵쾅거리는 진동이 언니의 헤드폰을 거쳐 넘어왔다. 나는 '여름 기차 여행'이라는 폴더에 담아 온 음악을 한 바퀴 돌아 두 바퀴 들었다. 툭하면 풀리는 신발 끈을 이런저런 방법으로 묶어 보며 시간을 낭비하려 애써 봤지만, 아직도 영월에 도착하려면 까마득했다. 그래서 최후의 수단, 나중에 볼 읽을거리를 저장해 두는 메모장 앱을 열었다.

올해도 반복된 꿀벌 실종 사건
지난해에 이어 올해에도 양봉업자들이 키우는 꿀벌이 집단으

로 실종되었다. 심지어 꿀벌의 90퍼센트가 사라진 양봉 농가
도 있다.

"벌통을 여는데 제 눈으로 보고도 못 믿겠더라고요. 통에 꿀
벌이 한 마리도 없었어요. 2만 마리도 넘는 꿀벌이 흔적도 없
이 사라진 거예요."

이와 같은 꿀벌 실종 사건은 우리나라뿐 아니라 전 세계에서
발생하고 있다. 유엔(UN)에 따르면 현재 전 세계 야생 벌의
40퍼센트가 멸종 위기에 처했다. 유엔은 지구 생태계에 매
우 중요한 역할을 하는 꿀벌의 가치를 알리기 위해 매년 5월
20일을 '세계 꿀벌의 날'로 정했다.

언니의 어깨를 똑똑, 두드리자 '왜! 뭐!' 하고 음성 지원이 되는
눈빛이 날아왔다. 죽일 듯한 눈빛이라 섬뜩했지만 설마 대낮에
공공장소에서 동생을 죽이겠어. 기사를 읽다 보니 가슴이 답답해
져서 언니한테라도 말을 걸고 싶었다.

"아, 왜! 뭐!"

언니가 헤드폰은 벗지도 않고 노래 음량만 줄이고 한 말이다.

"양봉 농가에서 꿀벌이 자꾸 사라지고 있다는 거 알아?"

언니의 눈빛: 기껏 불러 놓고는 꿀벌? 너 꿀벌과 함께 사라지고
싶냐?

"정확한 원인은 밝혀지지 않았는데 지구 온난화 때문이 아닌가

싶대. 날씨가 계속 따뜻해져서 꿀벌들이 겨울잠도 안 자고 꿀을 모으러 나간다는 거야. 나갔다가 일교차가 심하니까 중간에 얼어 죽는 거지. 살충제 성분 때문에 기억 상실증에 걸리는 것도 원인 같대."

"기억 상실증?"

언니의 눈빛: 그 부분은 자세히 좀 설명해 보든가. 널 어떻게 할지는 들은 다음에 결정하지.

"원래 꿀벌이 집을 잘 찾아가잖아. 그런데 기억 상실증에 걸리면 뭐더라, 돌아오는 본능, 그런 거였는데…… 아, 회귀성! 거기에 문제가 생겨서 집으로 못 돌아오는 거래."

"어차피 진짜 집도 아니잖아. 사람들이 벌꿀 삥 뜯으려고 걔들 이용하는 거지. 하여간 인간은 맨날 그런 식이야. 꿀벌들, 어디 좋은 데 가서 자기들끼리 잘 살면 좋겠다."

나는 할 말을 잊은 채 머쓱이처럼 머쓱해하는 표정을 지었다. 내가 나중에 양봉업자라도 되면 가을왕과는 외교가 끊길 것 같다. 가을왕은 헤드폰 음량을 높이더니 회귀성을 발휘해 자기만의 나라로 돌아갔다. 꿀벌이 사라지면 열매를 맺지 못하는 식물이 늘어나고, 그 결과 인간을 포함해 수많은 동물이 굶주리게 된다는 비극적 결말은 꺼내지도 못했는데.

"혹시 세상이 점점 나빠지고 있는 걸까?"

창밖을 내다보며 중얼거렸다. 앞자리에서 대답처럼 코 고는 소리가 날아왔다.

휴대폰 달력에 5월 20일을 '세계 꿀벌의 날'로 저장해 놓았다. 나를 코스모스 그룹으로 데리고 들어갔던 꿀벌은 야생 벌이었을까, 벌통에서 탈출(독립? 외출?)한 벌이었을까.

남은 시간 내내 꿀벌과 기후 변화와 지구의 종말을 고민했더니 영월역에 내리자마자 헛것이 보였다. 거대한 전골냄비처럼 생긴 쇠 화분 주변을 붕붕거리며 맴도는 꿀벌 말이다.

"거봐, 잘 살고 있잖아."

언니가 꿀벌에게 턱짓하며 말했다. 헛것이 아닌가 보다.

"인간한테 꿀 뺏기지 말고 너희가 다 먹어. 알았지?"

언니는 꿀벌을 향해 주먹 쥔 손을 들어 보였다. 응원인지 협박인지.

숙소로 향하는 버스 안에서도 CCTV 앱을 확인했다. 머쓱이는 아직도 자는 중.

"이틀만 기다려. 금방 갈게."

영상 속 머쓱이를 집게손가락 끝으로 쓰다듬었다. 내 말이 들리기라도 한 듯 움직이는 귀. 귀여워라. 그때 나는 머쓱이를 다시 만나기까지 이틀보다 훨씬 더 긴 시간이, 아니 여러 생이 걸릴 거라고는 생각도 하지 못했다. 그걸 알았다면 커피를 사러 숙소를 나서지 않았을 것이다.

그러나 아무것도 모르는 나는 숙소에 도착해 짐을 풀고 커피 심

부름을 맡았다. 언니는 소파에 드러누워서는 발음도 또박또박 '캐러멜 마키아토'를 주문했다.

숙소를 나와 길 건너 카페로 가는데 붕 — 하는 소리가 귓전을 울렸다. 이 소리는?

꿀벌이었다.

나도 모르게 꿀벌을 따라 걷기 시작했다. 골목길을 벗어나 몇 분쯤 지났을까. 반투명하고 쫀득한, 젤리로 된 벽이 나타났다. 영월의 꿀벌은 안내자 역할을 마쳤다고 판단했는지 어디론가 날아가 버렸다.

손끝으로 건드리자 젤리 벽이 간지럼이라도 타는 듯 움찔거렸다. 뒤쪽에는 여기까지 걸어온 길이 아무렇지 않은 얼굴을 하고 있었다. 저 길을 걸어 돌아가면 그 이름도 정확히 캐러멜 마키아토를 파는 카페가 나오겠지. 카페 건너편 건물의 3층에는 소파에 누워 발을 까딱거리며 음악을 듣는 언니, 여행 경비 영수증을 정리하는 아빠, 편한 옷으로 갈아입은 엄마가 있을 테고. 용감하고 무모하게도 난 그곳으로 언제든 돌아가면 그만이니까 벽 너머를 두려워할 필요는 없다고, 그렇게 생각했다. 여기까지 왔는데 벽 너머를 확인하지 않는다면 '거기에는 뭐가 있었을까?' 두고두고 궁금할 것 같았다.

젤리 벽에 한쪽 팔부터 넣어 봤다. 나쁘지 않은 느낌. 부드럽고 따뜻하다.

나는 벽을 통과했다.

3

눈앞에 하얀 세상이 펼쳐져 있다. 발밑에서는 뽀드득, 눈이 밟힌다.

설원. 물기 적은 눈으로 뒤덮인 너른 땅이었다. 허리를 굽혀 눈을 한 움큼 집자 그 새하얀 것은 내 체온에 녹아 가장자리부터 투명해졌다. 그런데도 귀와 코, 뺨에 와 닿는 공기는 포근하다.

야트막한 언덕도 없이 평평한 땅은 내 시야가 끝나는 곳에서 하늘과 맞닿았고, 군데군데 크고 작은 나무들이 보였다. 어떤 나무는 푸른 잎이 무성하고 어떤 나무는 가지만 앙상했다. 붉은 열매가 열린 나무, 갈색 열매를 맺은 나무, 다른 나무를 타고 올라가는 담쟁이덩굴, 자잘한 꽃송이가 안개처럼 자욱한 나무, 눈 위에 떨어진 단풍잎…… 뒤섞인 계절.

어디선가 빗방울이 유리창에 떨어져 부딪힐 때와 비슷한 소리가 들려왔다. 그 소리는 이내 쏟아지는 빗줄기처럼 빨라졌다. 저만치 선 팝콘나무의 연주였다. 씨앗이 나무의 한쪽 방향에서만 샤워기 물줄기처럼 쏟아져 내린다. 나는 그곳으로 걸어갔다. 바닥을 덮은 씨앗 사이에, 울퉁불퉁하고 새까만 돌이 있었다.

휴대폰에 저장해 둔 기사를 확인했다. 기사에 실린 사진 속 운석과 나무 아래의 돌은 크기와 모양이 같아 보였다. 영월에 떨어진 운석은 무슨 연구소로 갔다고 했는데 웬걸, 여기 있잖아? 그래, 그림자가 아닌 '진짜 운석'은 제자리에 그대로 있을 거라고 꿀벌 선장이 그랬었지.

나는 운석 앞에 쪼그려 앉았다. 지구에는 없는, 먼 우주의 광물을 포함한 돌덩이. 외계에서 온 존재. 손가락으로 돌 표면을 건드려 봤지만 아무 일도 일어나지 않았다. 이걸 밟으면 모든 것이 초기화된다고 했다. 이 세상, 나의 우주가 말이다. 초기화라니 내가 왜 그런 짓을? 나는 고개를 흔들며 일어났다.

일어나는데, 다리에 쥐가 나서 몸이 기우뚱했다. 그새 또 풀린 운동화 끈이 발에 밟혔다. 중심을 잡으며 바로 서려 했지만 눈 때문에 미끄러지며 버둥대다가 이번에는 운석을 밟고 말았다. 넘어지지 않으려고 무릎에 힘을 주면서, 꾸욱.

나는 그릇 깨지는 소리에 놀란 머쓱이처럼 펄쩍 뛰어오르며 운석에서 물러났다. 나뭇가지에 쌓인 눈이 목덜미로 떨어져 내렸다. 따뜻했다. 기겁한 심장처럼, 뛰노는 피처럼 뜨거웠다.

침도 삼키지 않고 눈도 깜빡이지 않고 가만히 서 있었다. 쥐 죽은 듯이, 숨도 쉬지 않고.

잠시 동안은 아무 일도 일어나지 않았다.

"바, 방금 전 그건 진심이 아니었어. 그냥 실수였어."

운석이 알아듣기라도 할 것처럼 변명하고 호소했다.

아무 일도 일어나지 않다가…… 세상이 달라지기 시작했다. 전자레인지에 넣고 데우면 내내 잠잠하다가 눈 깜짝할 사이 컵 바깥으로 넘치는 우유처럼, 설원의 눈이 부글거리며 끓어올랐다. 회오리바람이 몰아치자 우우우우, 들고 일어나는 눈보라. 보라색으로 변하는 하늘. 동시에 연보라색 구름이 땅으로 뭉게뭉게 쏟아져 내린다.

"진심이 아니었다니까? 돌 밟은 거 취소할래. 취소한다고!"

소리쳐 봤자 취소될 리 없겠지만 뭐라도 해 봐야 했다.

"말도 안 돼! 대체 뭐가 어떻게 된 거야!"

어디선가 누군가의 외침이 들려왔다. 나보다 더 화난 목소리. 누구지? 여기 누가 또 있는 거야? 사방을 둘러봐도 요동치는 눈보라뿐, 아무것도 보이지 않았다.

젤리 벽이 풍랑을 만난 바다와 같이 출렁이며 무서운 속도로 다가왔다. 크림을 휘저은 커피처럼 눈발과 뒤섞이더니, 보라색 구름의 소용돌이로 빨려 들어가는 젤리 벽.

"머쓱아!"

내 방에서 머쓱이가 날 기다리고 있는데, 이틀 밤만 자고 만나기로 했는데. 나는 머쓱이가 눈앞에 있기라도 한 듯 손을 뻗었다.

그 순간, 세상이 끝났다.

인생이 아름답기만 한 날

밤새 비가 내리다가 새벽부터 날이 개더니 아침에는 이보다 더 멋지기도 힘든 날씨가 되었다. 유리 상자에 넣어 전시하는 초여름 날씨의 표본 같았다. 맑은 하늘과 산뜻한 바람, 나뭇잎에 부딪히며 반짝이는 햇살.

테리는 달군 팬에 양념한 고기를 넣었다. 지글거리는 소리가 노래처럼 들렸다. 불을 세게 올리자 노랫소리도 덩달아 높아졌다. 때맞추어 압력밥솥의 추가 돌며 갓 지은 밥 냄새를 가게 안에 퍼뜨렸다. 층층이 겹쳐진 얇은 고기를 젓가락으로 떼어 가며 볶다가 밥솥 불을 끄고, 냉장고 옆에 놓아둔 우쿨렐레로 다가간다. 두 팔을 벌리고 하나, 둘, 셋 스텝을 밟으며 춤을 추듯이. 그렇지, 햇살과 춤추는 나비처럼.

끈을 어깨에 메어 우쿨렐레를 받쳐 들고 오른손으로 줄을 튕긴다. 이처럼 좋은 날에는 아름다운 곳으로 떠나야 하네……. 즉흥곡에 가사를 붙여 흥얼거리면서. 오늘은 우쿨렐레 동호회 사람들과 소풍을 가기로 한 날이다.

능숙한 솜씨로 볶은 불고기와 뜸이 잘 든 밥이 먹음직스러운 냄새를 풍겼다. 도시락에 곁들일 방울토마토와 딱딱한 복숭아, 알이 굵은 포도는 미리 씻어 놓았다. 테리는 오늘 소풍에서 도시락을 맡았다.

"좋구나, 좋아."

콧노래처럼 혼잣말을 흥얼흥얼. 이렇게나 좋은 생이 또 있었던가? 불고기 팬을 가스레인지에서 내리며 기억을 더듬어 보았다. 생에서 생으로 이어지는 기억은 불완전하고 빈약했다. 모과차나 유자차처럼 건더기는 밑으로 가라앉고 그 알맹이에서 우러난 기억의 맛이 다음번 삶을 떠다녔다. 어느 생에선가 즐겨 입던 원피스나 유난히 덜컹거리던 버스처럼 사소한 일이 의식의 수면 위로 불쑥 떠오르는 식이었다. 그러면서도 정작 예전 삶들의 핵심이라 할 만한 중대한 사건들은 김 서린 안경처럼 뿌옇고 흐릿할 때가 많았다. 일상이 빼곡히 적힌 일기장을 잃어버린다면 이런 기분일까? 쇼핑 목록을 끼적거린 메모지나 뭉툭한 립스틱 같은 잡동사니만 가방에 남아 있다면 말이다.

다른 듯 비슷한 듯 반복되는 삶에서 테리는 도시락 가게를 운영한 적이 많았다. 장사가 잘되든 시원찮든 대표 메뉴는 불고기

도시락. 좋은 고기를 골라 양념해서 볶는 법은 매번 새로 익혀야 했고, 시행착오도 되풀이했다. 한 생에서 얻은 지식이나 요령이 다른 생으로는 좀처럼 전달되지 않는 탓이었다.

어느 생부터인가는 뭐든 새로운 것을 배우는 일에 취미를 붙였는데, 저번에는 아마도 외국어였을 것이다. 저저번이나 저저저번 삶이었을지도 모르지만 어쨌거나. 이번에는 악기다. 피아노부터 시작해서 바이올린도 기본기는 익혔고 대금을 기웃거리다가 숨이 차서 포기, 우쿨렐레로 넘어왔다. 조그만 악기가 이름부터 생김새까지 두루 사랑스럽다.

나이를 신경 쓰지 않고 서로 툭 터놓고 편하게 부를 수 있게 외국어 이름을 하나씩 정하자고 해서, 테리는 자신을 테리라고 소개했다. 여러 생에서 애용한 이름이었다.

"테리, 십 분쯤 뒤에 도착할 거 같아요. 내비에 4킬로미터 남았다고 찍히네요."

윈터가 전화를 걸어 와서 말했다. 윈터는 올해 스물두 살로, 모임에서 가장 어리지만 우쿨렐레 실력은 월등한 회원이다. 지금은 부모님에게 빌린 승합차를 몰고서 테리를 데리러 오는 중이다. 오늘의 운전 담당인 셈. 테리까지 세 명이 떠나는 소풍에 승합차까지는 필요 없지만 케이크보다 케이크 상자가 지나치게 클 때도 있는 법이니까. 중요한 것은 상자 안에 들어 있는 알맹이다.

테리에게 삶의 알맹이란 바로, 초기화 능력이다. 테리는 기억하지 못하거나 기억하고 싶지 않을 만큼 여러 번 이 세상을 초기화해 왔다. 어떤 삶을 왜 초기화했는지 생각나기도 하고 한밤중처럼 깜깜하기도 했다. 특히 요 직전 삶에서는 왜 그런 선택을 했는지 도통 모르겠다. 이번만큼이나 만족스러웠던 느낌인데 왜 그랬을까? 루마니아어인지 에스토니아어인지 낯선 언어도 배우고 그랬던 것 같은데.

"오, 그래요? 나도 거의 다 돼 가니까 시간이 딱 맞겠네."

소풍 장소는 윈터가 골랐다. 수원 화성의 용연. 한국사 문제집의 귀퉁이에서 보고 동그라미를 쳐 둔 곳인데, 가 본 적은 없다고 했다.

테리는 가 보았다. 이번 말고 다른 삶에서. 언제 누구와 어떻게 갔는지 기억나지 않을 뿐이지 가기는 갔다. 그리고 그날, 무슨 일인가 일어났다. 매우 중요한 일이.

불고기를 도시락 통에 담다 말고 콧잔등에 주름까지 잡으며 정신을 집중했으나 아무것도 기억나지 않았다. 고개를 젓고는 도시락 싸기를 마무리한다. 요즘 꿀벌들이 진드기 살충제 때문에 기억 상실증에 걸린다던데, 테리는 자신이 꼭 꿀벌 같았다. 생과 생을 날아다니다가 기억 상실증에 걸린 꿀벌.

짐을 챙겨 들고 가게 불을 끄자 차가 도착했다. 타이밍도 완벽하지. 밖으로 나가니 일요일 대낮의 환한 거리와 운전석에서 손을 흔드는 윈터의 밝은 웃음이 테리를 반겼다. 어서 오세요, 테리. 아름다운 삶 쪽으로, 어서 오세요.

"날씨 멋지죠? 제가 딱 맞는 음악도 틀어 놨어요."

알록달록한 풍선처럼 언제나 기분 좋은 윈터가 외쳤다. 언제나 수줍은 소피아는 뒷좌석 문을 열어 주었다. 차내에서 발랄한 음악이 흘러나온다.

"안녕, 소피아. 노래가 참 좋네요, 윈터."

인사를 건네며 차에 타려다 말고 테리는 주춤했다. 얼핏 보라색 구름을 본 듯해서였다. 하늘은 푸르렀고 양털처럼 복슬복슬한 뭉게구름은 하얗거나 기껏해야 크림색이었다. 잘못 봤겠지, 생각하며 차에 올랐다. 연두색 구름이라면 몰라도 보라색 구름이 있을 리가.

"자, 용연으로 출발합니다!"

윈터가 외치자 소피아가 용기를 내어 손뼉을 두 번 쳤다. 테리는 소피아의 어깨에 다정하게 손을 올리며 결심했다. 이번 생은 초기화하지 않고 끝까지 가기로. 갓 지은 밥과 알맞게 볶은 불고기처럼 마음에 드는 생을 그만둘 이유는 없었다. 그런데 언젠가 다른 생에서도 이런 결심을 한 적이 있지 않았나? 어쨌거나 이번 만큼은 끝까지 가리라. 거듭해서 다짐하는 테리.

신호에 걸리자 옆 차선으로 소형차 한 대가 와서 섰다. 뒷좌석에 커다란 꿀벌 인형이 실려 있다. 어찌나 큰지 꿀벌로 분장한 사람이라 해도 믿겠다.

신호가 바뀌고 테리를 실은 차는 달려갔다. 테리 몰래 하늘 귀퉁이를 서성이는 보라 구름을 지나쳐서, 인생의 아름다운 장면 쪽으로.

0의 제왕

1

정신을 차려 보니, 숙소였다.

가족들과 식탁에 둘러앉아 음료를 마시는 중이다. 나는 두유 라테, 엄마와 아빠는 아메리카노, 언니는 캐러멜 마키아토. 종이컵에는 숙소 건너편 카페의 이름이 찍혀 있다.

조금 전 설원에서 운석을 밟았는데 뭐지? 나 때문에 하늘이 보라색으로 변하고 눈보라가 휘몰아치다가 세상이 끝나 버렸는데, 분명히.

음료를 마시는 식구들의 표정은 평온하기만 했다. 헤드폰을 목에 건 언니조차 기분이 괜찮아 보였다.

초기화가 취소된 건가? 그럼 그렇지. 그건 실수일 뿐 진심이 아니었다니까. 정말 초기화가 됐다면 큰일 날 뻔했다. 나는 안도하며 컵을 입에 대고 기울였다. 그런데 라테 맛이 이상했다. 싱겁고 밍밍한 게 꼭 맹물 같다.

"여름아, 정신 차려!"

엄마가 내 어깨를 흔들었다. 난 정신이 말짱한데 이게 무슨 소리일까.

그러면서도 잠에서 깨어났다. 초점 없이 흐릿한 눈으로 주변을 둘러본다. 여름휴가를 보내던 영월의 숙소가 아니라 집이다. 자목련동의 우리 집.

나, 엄마, 아빠, 언니, 네 사람은 바닥에 둘러앉아 뭔가를 마시는 중이었다. 종이컵 말고 밥그릇으로. 집은 속을 비운 가방처럼 텅 비어 있었다. 식탁도, 소파도, 냉장고나 텔레비전도 없이 휑뎅그렁했다. 열린 창문으로 습한 바람이 불어 들어와 오히려 더 후텁지근하다.

"땀 흘리는 거 봐. 기운이 없으니까 꾸벅꾸벅 졸기만 하지."

엄마가 수건으로 내 이마를 닦아 주었다. 얼굴을 스치는 손이 보풀 일어난 수건만큼 거칠거칠하다.

"요즘 기운 있는 사람이 어디 있다고."

언니가 이 나간 그릇 테두리를 앞니로 깨물며 꿍얼거렸다. 이식받은 장기처럼 항상 지니고 다니던 헤드폰은 어디에 뒀을까.

나는 그릇 속을 들여다봤다. 물을 너무 많이 타서 물처럼 밍밍

한, 멀건 죽도 아니고 묽은 미숫가루도 아닌 무언가다. 먼지 뜬 수면에 누런 얼굴이 비쳤다. 고개를 들어 현실을 외면해 봤자 눈에 들어오는 것은 가족들의 마르고 초췌한 모습. 눈과 뺨이 움푹 파이고 머리카락과 피부는 푸석푸석.

"사레들리니까 천천히 마셔라. 그래도 이런 맹탕이라도 있으니 다행이지."

아빠가 갈라진 목소리로 말했다.

"머쓱이는 어디 있어?"

"머쓱이? 그게 뭐야?"

내 질문에 언니가 눈썹을 치켜올리며 되물었다.

"여름이 얘가 오늘따라 얼빠진 사람처럼 왜 이럴까. 어떻게든 먹을 걸 구해서 먹여야지, 이러다가 애 쓰러지겠어요."

"그래요, 오늘은 어떻게든 구해 봐야지……."

엄마와 아빠가 맥 빠진 말을 주고받았다.

나는 그릇을 바닥에 내려놓고 일어났다. 뼈가 삐걱거리고 눈앞이 아찔했다. 발코니 창에 비친 내 모습은, 뭔가 제대로 먹지 않으면 정말 어떻게 될 것 같은 몰골이었다.

영양실조 때문인지 정신이 몽롱해질 때면 현실과 꿈, 지금 삶과 이전 삶이 헷갈렸다. 방금 전 앉은 채로 영월 숙소에서 라테를 마시는 꿈을 꾸었듯이 말이다.

내 방에는 아무것도 없었다. 머쓱이가 좋아하던 방석과 담요도,

내가 좋아하는 머쓱이도. 이번 생에서는 머쓱이를 만나지 못했다는 걸 알면서도 마음속이 빈방처럼 휑해졌다.

영월에 갔다가 들어간 설원에서 실수로 운석을 밟는 바람에 초기화가 됐고, 나는 엄마와 아빠의 막내딸로 다시 태어났다. 멋모르고 살다가 열두 살 생일에 코스모스 그룹과 다비드호를 방문해서 내가 어떤 존재인지 알게 되었고, 꿀벌 선장은 곧 운석이 떨어질 것이며 거기가 초기화 장소라고 말해 주었다. 코스모스 그룹을 빠져나오는데 첫 번째 삶이 생각났다. 특히 내 고양이 머쓱이에 관한 기억만큼은 돋을새김처럼 선명했다. 마지막에 "머쓱아!" 하고 외치던 순간도 되살아났다.

두 번째인 이번 생에서 머쓱이를 기다렸지만 헛일이었다. 동물은 안 된다고 부모님이 못 박아 놔서 반려동물을 키울 수가 없었다. 지하 주차장에서도, 길에서도 머쓱이를 만나지 못했다. 이 세상에서 사라진 존재는 머쓱이만이 아니었다. 꿀벌도 사라졌다. 그러고서 시간이 흘러 이제 나는 열다섯 살.

"그깟 꿀벌 때문에 온 세상이 무슨 난리인지."

"몇 년 사이에 세상이 이렇게 된다는 게 말이 돼? 뭔가 방법을 찾을 줄 알았는데."

엄마, 아빠의 넋두리에 언니가 쏘아붙이는 소리가 들려왔다.

"왜 꿀벌 탓을 해? 걔들 멸종시킨 게 누군데? 인간이잖아!"

첫 초기화 이후 맞이한 세상에서는 꿀벌이 멸종되었다. 여기저기 꽃가루를 옮기며 수정을 돕던 꿀벌이 없어지자 식물이 제대로 번식하지 못했다. 농산물 생산량이 급감하고, 식물을 먹고 사는 동물들이 죽어 나갔다. 식량 부족으로 인류는 기아 상태에 빠졌다. 부자들은 창고나 벙커에 비축해 둔 음식으로 버티거나 비싼 값에 식량을 사들였다. 보통 사람들은 가진 것을 다 팔고도 먹을거리를 구하지 못해 굶주린 길고양이처럼 거리를 헤맸다. 부패가 진행되어 부푼 통조림이나 상해서 곤죽이 된 과일 또는 채소, 하다못해 독약처럼 쓴맛이 나는 오래된 커피 원두라도 구하면 운 좋은 날이었다.

우리 집도 가구에 가전제품, 옷가지와 언니의 헤드폰까지 내다 팔았다. 그런데도 하늘까지 치솟은 음식값을 감당할 도리가 없다. 상한 음식 찌꺼기조차 사냥해 오지 못한 날은 굶거나 물만 마셨다. 사냥, 그렇다. 생존은 사냥과도 같았다.

"너 어디 가려고? 가지 마, 위험해!"

"혼자서 나가면 안 된다니까!"

방 밖으로 나와 현관문으로 휘청휘청 걸어가자 엄마와 아빠가 말렸다. 일어날 힘도 없는지 말로만 화를 낸다. 그 외침을 뒤로 하고 현관문을 열었다. 엘리베이터는 통째로 도둑맞은 지 오래여서 계단으로 내려갔다. 난간도 다 뽑혀서 벽에 붙어 걸어야 했다. 아무도 나를 따라오지 않았다. 그럴 기운이 없겠지.

오랜 시간을 들여 1층의 공동 현관까지 내려오자 허리를 굽히고 한참이나 숨을 골라야 했다. 아파트 단지는 도시 안의 사막처럼 황량했다. 병든 나무는 쓰러져 썩어 가고 살아남은 나무는 톱과 도끼에 베였다. 영양 부족으로 머리칼이 듬성듬성 빠진 사람들이 넝마를 걸친 채 단지 안을 맴돌았다. 고물 사냥꾼과 음식 사냥꾼이었다.

놀이터는 고물 사냥꾼들이 철봉과 그네, 미끄럼틀과 벤치, 쇠울타리까지 뜯어 가서 휑뎅그렁했다. 삼 년 전에 운석이 떨어진 곳이다. 다행히 깊은 밤이라 다친 사람은 없었지만 바닥이 깊게 파이고, 주변 건물들은 유리창이 깨지기도 했다. 기자들과 유튜버들이 찾아와서 며칠간 시끄러웠다. 그때는 꿀벌이 멸종되기 전, 언니의 지적대로 정확히 표현하자면 인간이 꿀벌을 멸종시키기 직전이었다.

파인 땅을 메운 자리로 가자 젤리 벽이 출렁거렸다.

"세상이 나빠졌어. 엉망진창이야. 차라리 다시 시작하는 게 나아."

나는 젤리 벽을 통과했다. 머쓱이와 꿀벌이 있는 다른 세상을 꿈꾸면서.

2

그 뒤로 이어진 삶에는 거듭되는 패턴이 있었다. 열두 살 생일에 명함을 줍고, 코스모스 그룹을 거쳐 다비드호에 가서 진실을 알게 되고, 그제야 예전 삶의 기억이 조금씩 되살아나서 머쓱이가 생각나고, 머쓱이를 기다리고.

머쓱이는 나타나지 않았다.

오라는 머쓱이는 안 오고 좀비나 메뚜기 떼, 전염병 따위가 찾아와서 지구는 또다시 엉망이 됐다. 전 지구적 빌런은 생물일 때도, 무생물일 때도, 양쪽 어디에도 속하지 않는 바이러스일 때도 있었다. 나는 최악의 상황에서 지구와 인류를 구하는 심정으로 초기화 버튼을 밟았다. 가망 없는 세상을 최소한 처음으로 되돌리기라도 할 수 있는 사람은 나뿐이었다. 초기화가 이 우주의 주인공이 맡은 역할이자 의무라는 생각이 들었다.

세상에 별일이 없다 해도 그것으로 해피엔딩이 아니었다. 우리집 형편이나 내 상태가 나쁜 경우도 있었으니까. 예를 들자면 아빠가 말도 안 되는 주식에 전 재산을 쏟아붓는다든지, 엄마와 아빠에게 각각 애인이 생긴다든지, 내가 월요일부터 일요일까지 그 누구하고도 한마디도 하지 않는다든지.

이런 이유, 저런 핑계로 초기화를 거듭할수록 나는 매사에 심드렁해졌다. 친구든 학교든, 미래든 꿈이든 귀찮기만 했다. 내가 나를 못 믿게 됐달까. 열심히 살아 봤자 어느 순간 냉큼 초기화해 버리겠지 싶어서 인생에 성의가 없어졌다. 마음에 드는 상품이 하나도 없는 쇼핑몰에 포인트만 쌓여 있는 느낌. 쇼핑몰은 기한 안에 포인트를 쓰라 독촉하고, 나는 쫓기듯 쓸모없는 물건들을 고르다 지쳐서 탈퇴 후 재가입을 택하고.

심드렁병에 걸려서 사람 친구를 사귀지 못하게 됐는데 머쓱이마저 없으니 외톨이 코스프레를 하는 것 같았다. 혼자가 된 기분이라 세상에 미련이 없어졌던 걸까. 나는 초기화에도 점점 더 거침이 없어졌다. 입시 제도가 바뀐다든지 은따 노릇에 급 울화가 치솟는다든지, 나중에 가서는 새로 한 머리가 이상하기만 해도 역시 난 망했다고 한숨을 쉬며 초기화를 실행했다. 공책을 쓰다가 한 글자만 틀려도 페이지를 뜯어 버리고, 그걸 반복하다 보면 공책을 통째로 바꾸게 되듯이. 그야말로 습관성 초기화였다.

나는 0의 제왕. 세상 돌아가는 꼴이 마음에 안 들거나 기분이 언짢아지면 곱셈 우박을 퍼부어 초기화를 했다. 어떤 수든 0과 곱하면 0이 되듯, 초기화는 모든 것을 사라지게 하거나 첫 출발선으로 되돌렸다.

초기화를 거듭하는 나에게 인생이란, 신어 보지도 않고 산 신발 같았다. 뒤꿈치가 빠져나오며 벗겨지려 하는 신발처럼 헐렁헐렁, 나와 겉돌았다. 초기화라니 말이 되는 소리인지, 왜 하필 나인지, 나 말고도 0의 제왕이 또 있는지, 내가 죽고 나면 왕좌는 누구에게 넘어가는지, 죽어라 태어나기만 하니 언제라도 죽기는 죽는지……. 궁금한 점이 한둘이 아니었다. 하지만 코스모스 그룹은 매번 폐업하거나 업종을 변경해서 어디 물어보지도 못하고 그러려니 하는 수밖에 없었다. 언제든 찾아오라더니, 거짓말쟁이 꿀벌 선장.

중고등학생 때마다 초기화를 했으니 어른이 되어 본 적은 한 번도 없다. 세상은 엉망이었고 도무지 어른 같은 건 되고 싶지가 않았다. 최장 기록은 열여덟 살. 공부에 집착한 인생은 그때가 유일했던 것 같은데 1학기 기말고사를 망치자 콱 죽어 버리고 싶은 마음에 초기화. 이런 기억은 그나마 생과 생을 건너 조각조각 전달되는데 공부한 내용은 그것도 안 된다. 태어날 때마다 가나다에 구구단부터 시작하니……. 어휴, 말을 말자. 어차피 공부에 진심인 성격도 아닌데.

초기화로 다시 태어난다고 해서 새로운 존재로 업그레이드되고 그런 건 없다. 그 피자에 그 토핑이랄까. 몇 번을 반복하든 우리 엄마와 아빠의 딸로 같은 해, 같은 날에 같은 동네에서 태어난다. 인간이고 여자이며 고양이를 좋아하는 채여름. 그리고 말했다시피 열두 살이 되어서야 내 정체를 깨닫는 패턴.

이 역시 말했다시피, 여러 생을 넘나드는 기억력은 들쑥날쑥하다. 선생님의 별명이나 저저저저저번에 먹고 체한 떡볶이 등등 시시콜콜한 부분까지 생각나는가 하면, 가장 짧게 산 인생을 초기화한 이유와 같은 중대 사항이 지워지기도 한다.

그래도 초기화를 왜 했는지 뚜렷이 생각나는 인생이 있다. 이를 테면 나한테도 친구가 몇 명 있었던 버전. 초기화를 몇 번 안 했을 때였나 보다.

그때는 부스스한 곱슬머리가 골칫거리였다. 머리를 감고 말리면 자꾸만 바람 부는 들판의 수사자 스타일이 되고, 전문가용 매직기로도 분노한 머리카락이 잠재워지지 않아서 전문가가 베푸는 진짜 매직이 필요했다. 나는 용돈이 든 체크카드를 품고 미용실에 갔다. 하필이면 친구들과 네 컷 사진을 찍기로 한 날이었지만, 남는 시간이 그때뿐이었다.

어느 단계부터인가 졸다가 "수고하셨습니다!" 하는 명랑한 목소리에 깼더니, 거울 속에 웬 꼴뚜기가 있었다. 그것도 오징어 가면을 쓴 꼴뚜기. 한 올, 한 올 정성스럽게 편 머리카락이 나노 단위의 틈도 허용하지 않고 머리통에 차알싹 달라붙어 있었다. 생의 의지를 급속도로 잃은 탓에 비명조차 나오지 않았다. 못난이 흑마술에 뒤통수를 포함해 모발 전체를 얻어맞고 말았다.

수사자 헤어는 요상한 위엄이라도 있었지, 이 머리는 참기름 바른 두족류잖아! 예전 상태로 돌아가려면 두 달은 걸릴 것이다. 분하도록 짜증이 나서 눈에 뜨거운 눈물이 고였다. 요 모양 요 꼴로 두 달을 살라고? 안 돼, 안 된다고. 그 2개월이 마치 영원과 같으리라는 예감이 11번과 12번 흉추를 후려쳤다. 인생을 다시 시작하는 편이 빠르고 효율적이겠다, 싶었다.

　나 빼고 다 모였으니 어서 오라며 닦달하는 메시지가 날아들고, 애들끼리 촬영용 소품을 고르며 찍은 사진까지 올라왔다. 눈물로 눈을 씻고 찾아봐도 나 같은 오징어 꼴뚜기는 없었다.

　초기화 장소라도 좀 멀었다면 거기까지 가기 귀찮아서라도 고민해 봤을 텐데 버스로 두 정류장. 친구들과 만나기로 한 곳보다 가까웠다.

　15분 뒤, 나는 설원에 있었다. 운석에 한 발을 올린 채 휴대폰 액정에 얼굴을 비추어 봤다. 흑마술이 사라지는 마법은 끝내 일어나지 않았다. 설원에 들어오기 직전에 마지막으로 받은 메시지가 알림창에서 깜빡거렸다. 같은 무리지만 그다지 친하지는 않은 애가 보낸 메시지였다. 메시지를 확인한 나는 "아니, 내 생각은 달라" 하고 혼잣말로 답장한 뒤 운석을 밟았고, 그것으로 초기화.

　또 다른 생에서는 좀비 바이러스가 퍼져서 가을 언니까지 감염되기도 했다. 커다란 메뚜기 떼가 출몰한 생도 있었지. 설원에 가려면 옆 동네 도서관으로 들어가야 했는데, 책 수만 권을 먹어 치운 메뚜기 떼가 건물 주변에 득시글거렸다. 도서관 안으로 뛰어들자 죽어라 쫓아오던 메뚜기 떼, 으으. 나는 뭔가 날카로운 것이 발뒤꿈치에 닿는 감촉에 비명을 지르면서 젤리 벽으로 몸을 날렸다. 그러자 벽 너머 설원에, 나 말고 누군가 또 있었다.

누군가 또 있다

1

테리는 젤리 조각이 묻기라도 한 듯이 팔을 쓸어내렸다. 오래전 운석이 떨어진 이곳이 개인 소유의 복숭아 농장으로 바뀌는 바람에 젤리 벽을 찾느라 애를 먹었다. 헤아려 보니 운석이 떨어지고도 오십 년 넘는 세월이 흘렀다. 허허벌판이던 곳에 복숭아 농장이 아니라 우주선 발사 기지가 들어섰다 해도 놀랄 일은 아니었다. 농장 주인에게는 위생 점검을 하러 나온 공무원이라고 둘러댔다. 형편없는 연기인데도 주인은 그럭저럭 속았고, 편하게 살펴보시라면서 자리를 피해 주기까지 했다.

생과 생 사이에도 시간이 이어지고 흐른다면, 각 생에서 보낸 시간을 하나로 합할 수 있다면, 이곳 설원을 참으로 오랜만에 방문한 셈이었다. 테리 스스로 초기화를 하지 않은 지도 오래되었으니 말이다. 어느 생부터인가 '초기화하지 않고' 끝까지 가 보기로 결심하고도 번번이 '초기화되고' 말았다. 대략 65세에서 70세 사이에.

그러니까 이런 식이었다.

테리는 도시락에 넣을 방울토마토를 씻다가 초기화되었다. 스페인어로 '인생은 아름답습니다'라는 문장을 말하다가 초기화되었다. 약과를 한두 개 먹고 안락의자에 앉아 낮잠을 자다가, 흰머리를 염색할지 말지 고민하다가, 나무 둥치에 달라붙은 매미 허물을 바라보다가 초기화되었다.

어느 때부터인가 예전 생의 초기화 이유가 도무지 기억나지 않았다. 그런데 얼마 전 가게 부엌에서 설거지를 하다가 세제 거품이 이마에 튀어 거품이 탁 터지는 순간 깨달았다. 초기화 이유가 생각나지 않는 생이 늘어난 까닭은, 그 초기화를 테리 자신이 하지 않았기 때문이라는 것을. 원할 때면 언제든 휘둘러 이 세상을 최초의 순간으로 되돌리는 요술 방망이, 초기화 운석을 자신도 모르는 사이 빼앗긴 기분이었다.

그래서 여기로 왔다. 누가 테리의 우주에서 초기화 방망이를 휘두르고 있는지 알아보려고. 알아낼 수 있는지도 모르겠고 알게 되면 어떻게 할지도 정해 두지 않았으나 이번 생에서도 빨래나 개다가 사라지기는 싫었다.

아름드리가 굵고 잎이 무성한 나무 밑으로 가자 눈에 반쯤 파묻힌 운석이 보인다. 멀찌감치 떨어진 채 눈으로만 살펴본다. 가까이 갔다가 실수로라도 밟으면 그걸로 끝. 망하는 거다. 실수로 초기화 버튼을 밟는다니 그렇게 한심한 짓을 하게 될까 싶기는 했지만.

높고 넓고 파란 하늘이 하얀 구름으로 예쁘게 얼룩져 있다. 초기화를 결행하면 하늘부터 연두색으로 변하는데, 언젠가부터 그 색이 보라로 바뀌었다. 원치 않는 초기화가 시작된 무렵부터가 아니었을까.

"감히 나를 물 먹여? 누군지 얼굴이라도 봐 둬야겠어."

설원에 아무도 없다는 사실을 알면서도, 준비해 온 대사를 읊었다. 흠, 유치하기 짝이 없다. 몇 년 동안 아마추어 극단에서 활동한 삶도 있었건만 어째 연기가 어설프다. 기억은 불완전하게나마 이어지는 반면 지식이나 정보, 기술은 생과 생을 넘나들지 못했다. 각 인생의 입구마다 출입국 사무소가 있어서 반입 금지 기억을 압수하기라도 하는 듯이.

낚시용 의자를 눈밭에 펼치고 양쪽 팔걸이를 주먹으로 내리쳐서 눈 속에 고정했다. 감정 섞인 주먹질이다. 성질머리만큼은 여러 생을 거치며 차곡차곡 쌓이는 모양이다. 출입국 사무소에서 눈감아 주는 밀수품이라도 되는 건지.

의자에 앉았는데도 몸과 마음이 불편했다. 다음에는 제대로 된 의자를 가지고 와야겠는데 빨라도 2주 뒤다. 돌아오는 주에는 도시락 예약이 많아서 가게를 비우지 못한다. 설원이 집에서 먼 데다가 가게 문도 열어야 해서, 자주 오거나 오래 있을 형편이 못 되었다.

"해 보는 데까지 해 보는 거지. 뭐든 걸릴 테면 걸리라는 거야."

테리는 연기가 아니라 진심으로 중얼거리며 가방에서 책을 꺼냈다. 격리된 좀비가 집으로 도망쳐 오는 이야기인데 통 집중이 되지 않았다. 페이지를 벗어나 도망치는 글자를 쫓아 시선을 옮기면 잔잔히 일렁이는 젤리 벽뿐, 아무도 없었다.

왜 자꾸 내가 하지도 않은 초기화가 반복되는 거지?

덩굴처럼 끈질긴 의문이 머릿속을 파고들며 독서를 방해했다. 테리는 한 페이지도 읽지 못한 책을 덮었다. 이 세상은 테리의 우주다. 초기화는 테리의 고유 권한이라고, 다비드호에서 만난 토끼 선장이 매번 말해 주었는데 대체 왜.

이번 생만큼은 초기화 없이 끝까지 가고 싶다. 이제는 그럴 때도 되었다. 생의 끝에 무엇이 기다릴지는 모르겠으나 몰라서 더 의미가 깊었다. 다른 생명들처럼 그 끝이 죽음이라 할지라도, 테리는 자신의 마지막이 어떤 빛깔과 냄새일지 궁금했다.

"이것 봐요, 토끼 선장! 설마 어디선가 숨어서 보고 있는 건 아니겠죠?"

테리는 지평선쯤을 바라보며 목소리를 높였다. 코스모스 그룹은 폐쇄되었고 토끼 선장과는 연락이 닿지 않았다. 궁금한 것이 있거나 도움이 필요하면 언제든 찾아오라더니 뭉툭한 꼬리조차 남기지 않고 자취를 감추었다.

"편한 의자라도 좀 갖다 놓든가요. 그 왜, 안마 의자 같은 거. 요즘은 좋은 것도 많던데."

토끼 선장은 대답이 없고 그 대신 테리의 머릿속에서 번뜩이는 경고 메시지가 있었으니, 오늘이 수요일이라는 사실이었다. 한 단골손님이 매주 수요일 저녁 6시 30분이면 불고기 도시락 아홉 개를 사 간다. 오늘치 주문도 받아 놓고는 잊고 있었다. 설원에서는 시간이 천천히 흐르니 지금이라도 기차역으로 가면 시간을 맞출 수 있을 것이다. 테리에게 있어 맛과 위생은 기본이고 약속 엄수는 신념이었다.

이런 사정으로, 오늘은 오자마자 철수다. 하루 만에 해결을 보겠다고 작정하지도 않았고 그렇게 될 일도 아니었다. 설원이 잘 있나 둘러볼 겸 들른 참이었다. 설마 오늘 당장 초기화가 되지는 않을 테니 다음 주 지나서 다시 와 보자.

낚시 의자는 놔두고 책만 챙겨서 설원을 나섰다. 역으로 가서 기차에 올라 창밖을 바라보다가, 유리창에 머리를 기댄 채 잠들었다. 설원에 나타난 커다란 안마 의자에 앉아 핫초코를 마시는 꿈을 꾸었다.

잠든 테리는 보랏빛으로 물들어 가는 창밖의 하늘을 보지 못했다. 보랏빛이 점점 진해지다가 물방울이 터지듯 세상이 탁!

테리에게는 다음 생이 있을 뿐, 다음 주는 없었다.

2

매장 직원은 손님이 입은 옷을 봐주느라 바빴다. 테리는 그 틈을 타서 여행 가방을 끌고 탈의실로 들어갔다. 문짝이 닫히자 좁은 공간이 출렁였다. 젤리 벽이었다.

설원에 들어서니 아름드리나무 밑에 안마 의자가 놓여 있었다. 안 그래도 20분 전쯤 쇼핑몰에서 구경한 최신형으로, 위풍당당하기가 제왕의 권좌 같았다. 하기는 나도 왕은 왕이지, 테리는 보좌에 오르며 생각했다. 0의 제왕. 초기화라는 짱돌을 날려 뭐든 제로로 되돌리는 성질 사나운 왕.

버튼을 눌러도 안마 의자가 작동하지 않아서 살펴보니, 팔걸이에 카드 단말기가 달려 있다. 거창한 척은 다 해 놓고 좀스럽기는. 지갑에서 카드를 꺼내 단말기에 대자 제 맘대로 요금이 찍히고 안마 시작. 아무 데도 꽂히지 않은 채 눈 위를 나뒹구는 플러그를 발견한 테리는 흠칫 놀랐다. 설원이라는 이 말도 안 되는 공간에서 그런 사소한 문제로 놀란다는 것이 스스로도 황당했다. 플러그만큼이나 사소한 문제를 하나 더 꼽자면 이 의자를 누가 갖다 놨느냐는 것. 혹시 토끼 선장이?

"코스모스 그룹이 아주 문을 닫지는 않았나 보죠, 선장님?"

몸이 떨리니 목소리도 떨려 나왔다. 언제였더라, 저저번쯤이었나? 안마 의자라도 갖다 놓으라고 구시렁거린 일이 떠올랐다. 강제 초기화의 전말을 알고 싶어서 찾으면 꼬랑지를 감추더니만 이럴 때는 또 재빠르기가 경주 토끼를 뺨친다.

이번에는 알아내고야 말겠어! 테리는 안마 의자의 진동에 맞추어 이를 갈면서 다짐했다. 그래서 여행 가방에 고열량 비상식량을 새끼 코끼리 식사량 뺨치게 챙겨 왔다. 물은 눈을 녹여서 먹으면 되고. 아차차, 여벌 옷을 빼먹었네. 수분 크림과 샴푸도! 젤리 벽 너머가 쇼핑몰이라는 사실을 떠올리자 조급증이 가라앉았다. 필요한 물건은 나가서 사 오면 된다. 옷 매장의 탈의실을 거치는 일이 번거롭겠지만 사람들이 붐빌 때를 노려서 해결하자. 눈에 띄지 않게 조심조심.

실제로 테리는 몇 번이나 벽 너머로 나가야 했다. 비상식량이 동나도록 설원에서 아무런 사건도 일어나지 않았기 때문이다. 물론 초기화도 되지 않았다. 빈 여행 가방을 끌고 쇼핑몰로 나가서 먹을거리와 옷가지, 읽을 책을 구한 다음 돌아왔다. 이번 생에서는 끝장을 보겠다고 결심했으니 이제는 설원이 집이었다.

눈과 나무와 꽃과 풀, 바람과 운석뿐인 설원에서 혼자 지내자니 쓸쓸하고 심심했다. 그때 책이 친구가 되어 주었다. 특히 소설

책과 단짝이 되었다. 소설 속에는 이야기가 있고, 이야기 속에는 인물의 고결함과 어리석음이 있었다. 어쩌면 나도 누군가에게는 이야기 속 인물일지도 모르겠다고, 테리는 생각했다. 그렇다면 그 책의 제목은 무엇일까.

그때, 젤리 벽에 큰 파도가 일었다.

테리는 몸이 굳은 채로 젤리 벽만 노려봤다. 안마 의자조차 숨을 참듯 멈추었다.

벽이 꿀렁거리다가 무언가를 뱉어 낸다. 사람이었다. 여자아이. 아이는 벽 앞에 서서 헝클어진 머리를 가다듬었다. 놀라거나 당황한 기색이라고는 없었다. 이곳에 한두 번 와 본 솜씨가 아니라는 얘기.

둘은 꽤 먼 거리를 두고 떨어져 있었지만 아이가 고개를 옆으로 돌리면 테리가 보일 것이다. 휘황찬란한 최신형 안마 의자에 앉아 두꺼운 소설책을 손에 쥔 테리가. 간이 탁자로 쓰는 낚시용 의자에 반쯤 먹은 파인애플 통조림을 올려놓고, 그 옆에는 커다란 여행 가방을 세워 둔 테리.

그러나 아이는 한곳만 뚫어지게 바라보았다. 테리도 그곳으로 시선을 옮겼다.

초기화 버튼인 운석이 있는 자리. 초기화를 원치 않는 테리는 얼씬도 하지 않는 곳.

몸이 떨린다. 안마 의자가 정신을 차렸나 싶었는데, 테리의 심장이 쿵쿵 뛰어서 생기는 진동이었다. 초기화 버튼을 바라보는 저 조그만 머리에 무슨 생각이 들었나 궁금해서 조바심이 났다. 테리 자신의 머리로 짐작해 보자면, 답은 뻔했다. 초기화 버튼을 보면서 초기화 말고 달리 무슨 생각을 하겠는가? 경우의 수는 넉넉히 셈 해 봤자 두 가지였다. 냅다 밟느냐, 그냥 두느냐. 테리는 그냥 두는 쪽을 택했으나 젊음은 때때로 성급하게 마련이고, 저 아이는 젊다 못해 어리니.

아이가 숨을 크게 들이마셨다가 내쉬었다. 그 옆모습을 눈에 담 느라 테리는 눈가에 힘을 주었다. 어디선가 본 얼굴이었다. 쟤가 누구더라?

그때, 아이가 결심한 듯 운석을 향해 발걸음을 뗐다.

"안 돼! 하지 마!"

테리는 안마 의자에서 일어나며 외쳤다. 그제야 아이가 테리 쪽 을 돌아보았지만 발은 이미 운석을 밟고 있었다. 눈보라가 벌 떼 처럼 일어나 윙윙거린다. 그렇게 오래도록 기다렸건만, 손 한번 써 보지 못하고 당하다니. 테리는 어이가 없었다.

드센 눈발을 사이에 두고 두 사람의 눈이 마주쳤다. 아이의 얼 굴을 어디서 본 건지 아리송했다. 하늘이 보랏빛으로 물들어 간 다. 테리가 원치 않는 초기화를 당할 때마다 보던 색이다. 젤리 벽 이 다가오며 눈보라와 뒤엉켰다. 테리는 휘날리는 눈발 속에서 휘 청거렸다. 몸 안에서 피가 빠져나가고 핏줄마다, 뼛속마다 차가운 눈이 채워지는 기분.

초기화가 일으키는 소용돌이의 한중간에서 아이는 반쯤은 초연한 표정으로, 반쯤은 어리둥절한 표정으로 서 있었다.

기억해야 돼. 마지막 때에 테리는 생각했다. 이 모든 걸 모조리 기억해야 돼!

운이 따라 준다면 기억할 수도 있을 것이다. 어쩌면 조금쯤은.

3

다시, 설원.

이곳에 오기까지 여러 일이 있었다. 몇 번째일지도 모를 삶과 열두 살 생일, 코스모스 그룹과 다비드호와 토끼 선장.

이번 생에서 테리는 필라테스 강사로 살았다. 한 수강생이 사온 불고기 도시락을 먹고서야 자신이 운영했던 도시락 가게가 떠올랐다. 어쩐지 어릴 적부터 불고기가 그렇게나 맛있더라니. 안타깝게도 이번에는 요리 솜씨가 별로였다.

어떤 날은 휴대폰에서 필터를 잘못 설정해서 보라색으로 찍힌 하늘 사진을 보고 생각나는 얼굴이 있었다. 어느 생에선가 본 얼굴, 이목구비는 지워지고 흐릿한 윤곽선으로만 남은. 뿌리째 흔들리는 나무들과 젤리 벽, 운석을 밟던 발도 기억났다. 맞아, 초기화를 할 줄 아는 애가 있었지! 가서 그 애를 막아야 했다.

테리는 더 이상 초기화가 필요하지 않았다. 뒤집혔다가 다시 시작하는 세상도, 자신을 비롯하여 수많은 생명체가 사라졌다 생겨나는 일도, 이제는 원하지 않았다.

여행 가방을 챙겨서 설원으로 온 다음 하루, 이틀…… 한 해, 두 해…… 시간이 흘렀다.

어느 날, 한 여자아이가 젤리 벽을 통과해 설원으로 뛰어 들어왔다. 테리의 심장이 펄떡이다가 안정을 찾았다. 바로 이때를 대비하여 심신을 단련해 둔 덕분이었다. 언제인지는 몰라도 쓰디쓴 실패의 맛이 기억 속에 남아 있어서, 자리도 운석과 가까운 곳에 잡아 놓았다. 저쪽에서부터 안마 의자를 밀고 오느라 고생했지만 그쯤이야.

호흡을 가다듬는 아이 옆, 젤리 벽에 웬 곤충이 갇혀 있다. 몇 미터 떨어진 테리 눈에까지 보일 정도로 큼지막한 메뚜기였다. 메뚜기든 사마귀든 무슨 상관이람. 공룡을 달고 들어온다 해도 초기화 버튼을 밟는 쪽은 저 아이일 터였다.

아이는 낯익은 얼굴이었다. 다른 생에서 봤기 때문이라고 결론 내리기에는 마음 한구석이 찜찜했다. 이곳의 하늘이 보랏빛으로 물들던 날, 뭔가 꼭 기억해야 한다고 다짐했었는데 그게 뭐였지? 뭘 기억해 내야 하는 거야? 답답한 나머지 테리는 이맛살을 잔뜩 찡그렸다.

"어?"

아이가 테리를 보더니 눈을 동그랗게 떴다. 그러고는 안마 의자로 다가와 손을 내젓는다. 아이의 손이 뺨을 스치자 테리도 어어, 소리를 냈다.

"홀로그램이 아니잖아!"

자기가 더 놀라 한 걸음 물러나는 아이.

"뭐라는 거야, 얘가. 나 사람이거든?"

위엄 넘치는 목소리가 필요했으나 하필이면 안마 의자가 야단법석 오두방정 코스로 진입하는 바람에 목소리가 걀걀걀 떨려 나왔다. 고을에 부임해 온 사또에게 손을 비비며 아첨하는 이방이 따로 없다. 그나마 안마를 받느라 누운 자세여서 아첨의 효과는 적을 듯했다. 신경질적인 손짓으로 작동을 멈추자 의자는 느리고도 정중하게 지이잉, 효과음까지 내며 테리를 바로 앉혔다.

"진짜 사람이세요?"

톡, 아이는 팔을 뻗어 손가락 끝으로 테리의 팔뚝을 살짝 건드렸다.

"그렇다니까. 왜, 뭐가 문젠데?"

테리가 보기에 이 설원의 문제아이자 골칫거리에 사고뭉치는 바로 얘였다.

"그게 아니라 좀 이상해서요. 여기는 저만 아는 데거든요."

"그럼 날 처음 본다는 거야?"

"그런 거 같은데······."

아이는 말끝을 흐리더니 되물었다.

"할머니는요? 절 본 적 있으세요?"

"그런 거 같은데······."

별수 없기로는 테리도 마찬가지였다. 언젠가 설원에서 만난 개가 애 맞는지 모르겠다. '애'가 눈앞에 존재하고 '개'도 기억 속에 존재하지만 둘의 연관성을 확신할 수가 없다. 몹쓸 기억력 같으니라고.

"안마 의자가 되게 크네요. 꼭 우주선 같아요."

테리는 대답 없이 어깨만 으쓱했다. 솔직히 말하자면 할머니라는 말을 들었을 때부터 썩 유쾌하지 않았다. 아직은 익숙해지기 싫은 호칭이었다.

"여기 관리인이세요?"

왜, 차라리 우주인이냐고 물어보지그래? 난 이 우주의 주인공이라고! 테리는 우주만큼 광활한 마음속에서 메아리치는 대답을 무시하고 끙 소리만 내며 입을 앙다물었다. 주인공이라니, 오십여 년 전 토끼 선장에게 처음 들었을 때 발그레해진 뺨이 아직 식지 않았을 정도로 낯 뜨거운 단어다. 할머니란 말과는 또 다른 의미에서 적응이 안 된다.

"관리인이시면, 혹시 꿀벌 선장이라고 아세요?"

"꿀벌 선장? 모르지, 난. 처음 들어."

토끼 선장이라면 몰라도.

"아, 모르시는구나. 사람 크기에 꿀벌 머리가 달린 홀로그램인데요, 다비드호에서 만났어요."

"다비드호에 가 봤다고? 네가?"

"할머니도 거길 아시나 보네요? 하긴, 관리인이시니까."

테리는 안마 의자에서 일어나 운석으로 다가갔다. 운석에서 두 걸음. 이 정도면 최대치로 접근한 거다. 아이도 테리를 따라와 운석과 그만큼 간격을 두고 섰다. 이제까지 나온 얘기로 미루어 짐작해 보자면, 아무래도 우주에 테리 자신 말고도 주인공이 또 있는 듯했다. 그러니 방어 태세를 갖추는 편이 현명했다.

"관리인은 무슨. 쓸데없는 소리는 그쯤 해 두고, 여기는 왜 온 거야?"

뻔한 질문. 여기는 우주의 주인공이 초기화를 하는 곳이다.

"초기화를 하려고요. 메뚜기 떼가 들이닥쳐 가지고 세상이 난리가 났거든요."

메뚜기만 빼자면 뻔한 대답. 세상은 원래부터 조용할 날이 없는 곳이다. 그렇게 생겨 먹었다.

"그러니까, 초기화를 하겠다고?"

"그렇죠. 지금 바로 해도 되죠?"

예의상 물어봤을 뿐인지 아이는 대답도 듣지 않고 운석 쪽으로 한 발을 내디뎠다.

"안 된다면?"

테리도 운석에 한 발 더 다가섰다.

"안 되면 안 되는데……."

아이는 난처해하면서도 두 손을 허리춤에 걸쳤다. 그건 할머니가 상관하실 일이 아니잖아요, 하듯이 예의 바르게 건방진 몸짓.

"학생은 이름이 뭐지?"

"저는……" 하고 대답하려다가 아이는 어깨를 으쓱했다. 테리와 닮은 몸짓이었다.

"말해도 기억 못 하실 텐데요, 뭐."

그러고는 동시였고, 순식간이었다. 두 사람이 운석으로 몸을 날린 것이.

테리는 운석을 치우려고, 아이는 운석을 밟으려고.

필라테스로 온몸의 근육을 단련해 온 테리가 좀 더 빠르고 정확했다. 전직 필라테스 강사는 큼지막한 배 한 알만 한 운석을 옆구리에 끼고서 내달렸다. 얼마나 기를 쓰고 달렸는지 악문 잇새로 으읏, 으읏 소리가 삐져나왔다. 아이도 뭐라 뭐라 외치면서 테리를 뒤쫓아 왔다. 테리는 도망치는 와중에도 발을 거세게 굴러서 뒤쪽으로 눈을 날렸다. 이번엔 안 돼. 눈 뜨고 코 베이는 식으로 또 당하지는 않아!

"운석 내놔요!"

아이가 테리의 발뒤꿈치까지 따라잡으며 외쳤다. 메뚜기처럼 잘도 뛰기는! 테리는 젊은 나이라는 벼슬에서 내려온 지 오래였다. 필라테스로 다진 근육을 99.99퍼센트 끌어 쓰느라 숨이 목젖까지 치받쳤다. 조금만 더, 저기까지 조금만 더! 코앞에 두 갈래길이 있었다. 젤리 벽과 강제 초기화. 하나는 탈출구, 다른 하나는 낭떠러지.

"내 우주에서 왜 할머니가 난리냐고요!"

그쯤 해 두라니까! 이건 내 우주거든? 테리는 뜨거운 콧김을 내뿜었다. 최대한으로 양보하자면, 최소한 테리의 우주'이기도' 했다. 토끼인지 꿀벌인지 이 사기꾼들, 대체 몇 명한테 우주를 팔아먹은 거야! 저 메뚜기 소녀는 기껏해야 중학생쯤 되어 보이고 테리는 예순이 훌쩍 넘었다. 속아도 테리가 먼저 속았고, 주인공이란 간질거리는 자리에 먼저 엉덩이를 붙이고 앉은 쪽도 테리다. 그러므로 이 운석은 테리의 것이었다.

테리는 젤리 벽으로 몸을 내던졌다. 럭비 선수처럼 상반신을 낮추고 벽을 통과해 슈슈슉! 벽 너머는 깊은 산속이었다. 나뭇가지에 앉아 깃털을 고르던 새들이 테리의 등장에 놀라 날아올랐다.

"해냈다. 내가 막아 냈어!"

두 팔을 번쩍 들어 올리자마자 아차, 싶었다. 이제 운석이 땅에 떨어질 것이다.

그러나 떨어지지 않았다.

발밑을 뒤져도 없었다. 사방을 둘러보아도 운석은 없었다. 꿀벌처럼 날아가지도, 토끼처럼 뛰어가지도 못하는 돌덩이인데 어디에도 없다. 젤리 벽으로 뛰어들 때까지만 해도 옆구리에 끼고 있었는데.

토끼 선장이 옆에 있었다면 얄미운 꼬랑지를 씰룩거리며 이렇게 말했을 것이다. 어이쿠, 운석은 설원 밖으로 가지고 나가지 못한다고 말씀 드리지 않았던가요?

"가만 안 둬!"

테리가 울부짖는 소리에 남은 새들마저 나뭇가지를 차고 올라, 보라색으로 변해 가는 하늘을 가로질러 날아갔다. 보라는 테리의 색이 아니었다. 테리가 초기화를 하면 하늘은 연두색으로 바뀌었다. 보라색 하늘은 설원에서 그 아이가 초기화를 했다는 뜻이다. 또 당하고 말았다.

세상이 끝나기 직전, 테리는 설원에서 만난 아이가 누구인지 확인해 볼 방법을 생각해 냈다.

설원에서 만난 여름

1

이제 바로 앞의 삶을 이야기할 차례다. 지금이 10번째 삶이라면 9번째 삶, 99번째라면 98번째 삶. 드디어 머쓱이와 재회한 그때 말이다.

열두 살 생일이 지나고 며칠 뒤, 다비드호에서 만난 꿀벌 선장이 말했다.

"여름 양은 이 우주의 주인공이랍니다. 이제 예전 기억이 조금씩 떠오를 거예요. 물론 대부분의 기억은 그렇지 않겠지만요."

집으로 돌아가는 길, 머쓱이에 관한 기억이 떠올랐다. 벌꿀 섞은 머스터드처럼 다정한 내 고양이. 첫 번째 삶에서 헤어지고 오랫동안 기다려 온 내 친구.

그런 머쓱이가 이미 내 옆에 있었다!

일 년 전부터 우리 집은 고양이를 키우고 있었고, 그 고양이가 다름 아닌 머쓱이였다. 노란 몸통과 하얀 양말을 신은 네 발, 끝이 살짝 구부러진 통통한 꼬리, 하얀 배에 점처럼 돋은 노란 털, 코 옆과 턱에 특히 진하게 묻은 머스터드 소스. 호박색 눈에 이따금 맴도는 보랏빛의 신비로움. 머쓱이인 줄도 모르고 머쓱이라는 이름을 붙여 주고서 머쓱이와 함께 지내 온 것이다. 기적이 없다면 꿈이 있겠지, 꿈마저 없다면 머쓱이가 있겠지. 나의 꿈과 기적, 머쓱이.

집에 도착한 나는 머쓱이를 와락 껴안고 보드라운 목덜미에 얼굴을 비볐다. 유독 눈이 나빴던 생이라 두꺼운 안경알에 노란 털이 내려앉았다. 머쓱이는 온몸을 골골 울리며 허공에 꾹꾹이를 했다. 기분이 날아가도록 상쾌해서 천국에 두고 온 날개가 그리울 때면 하는 행동이었다. 정말이지 우리 천사냥, 머쓱이. 머쓱이가 머쓱이인 것을 알게 된 그날, 나는 천사가 연주하는 하프라도 돼서 우주의 아름다움을 찬양하고만 싶었다.

천사냥 머쓱이는 내 행운의 요정이기도 했다. 예를 들자면, 렌즈 분실 사건.

안경알이 너무 두꺼워서 불편하다고, 콘택트렌즈를 끼고 싶다고 부모님을 꾸준히 조른 결과, 중학교 입학을 앞두고 교복과 함께 렌즈도 맞추게 되었다. 엄마가 친구들한테 추천받은 안과까지 가서, 산소 투과율이 높아 소프트 렌즈보다 안구 건강에 낫다는 하드 렌즈로 말이다.

그런데 새 렌즈를 끼고 나 혼자 집으로 돌아오자마자 문제가 생겼다. 눈에 먼지가 들어갔는지 찌르는 듯한 통증과 함께 눈물이 쏟아지더니 오른쪽 눈이 흐리멍덩해졌다. 렌즈가 빠져 버린 것이다. 렌즈가 남은 왼눈만 뜨고서 바닥을 기어다니며 손으로 더듬더듬 렌즈를 찾았지만, 그 조그맣고 투명한 것은 다른 우주로 이동이라도 했는지 보이지 않았다. 엄마가 절대 잃어버리지 말고 잘 관리하라면서 사 준 렌즈를 한 시간도 안 되어 잃어버리다니, 그것도 집에서! 한쪽 눈을 감고 다니거나 불편한 안경으로 돌아가야 할 위기였다.

그때, 방에서 낮잠을 자다가 나온 머쓱이가 기지개를 쭉 켜고는 거실 구석을 두 발로 긁었다. 바닥에 뭔가 있을 때 하는 행동이었다. 나는 무릎걸음으로 가서 그 자리를 살펴봤다. 렌즈가 있었다! 바닥과 벽이 맞닿는 지점에 절묘한 각도로 숨은 렌즈를 머쓱이가 찾아냈다.

"머쓱아, 고마워! 너 아니었으면 또 초기화를 할 뻔했어!"

그 뒤로도 머쓱이는 무선 이어폰과 몰래 가져다 쓴 가을 언니의 머리핀, 충전해 놓은 버스 카드 등등을 찾아 주었다. 아침에 알람을 끄고 도로 잠든 내 뺨을 차가운 코로 콕 찍어서 깨워 준 일은 셀 수도 없이 많고.

하지만 머쓱이도 우리 집에 닥친 고난을 막지는 못했다. 나 하나로도 바쁠 텐데 우리 집 전체의 행운을 책임지라고 한다면 억지다. 머쓱이가 "어리석은 짓은 하지 마십시오, 휴먼" 하고 경고해준들 아빠가 고양이 말을 알아들었을 리도 없다. 아빠는 엄마 몰래 대출까지 받아서 친척에게 큰돈을 빌려줬다가 떼이고 말았다. 엄마는 집을 담보로 잡히다니 미쳤다면서 소리를 질렀다. 아빠는 몇 배로 갚아 준다더니 이게 무슨 짓이냐며 전화통을 붙들고 소리쳤고.

얼마 뒤, 아빠는 회사에서 해고까지 당했다. 먹고는 살아야 해서 다음 날로 배달 일에 뛰어들었다. 엄마는 투잡으로 주말마다 공장 알바를 하다가 허리를 다치는 바람에 다니던 직장마저 그만뒀다. 방에 자리를 깔고 누운 엄마 옆에 머쓱이가 오래도록 있어 주었다. 엄마는 아픈 허리는 놔두고 머리를 감싸 쥔 채 훌쩍거렸다. 결국 우리는 집을 잃었고, 더 작은 집으로 옮겨야 했다.

"엎친 데 덮쳤다, 딱 우리 집 상황이네."

가을 언니가 국어 문제집의 보기에 밑줄을 그으며 말했다. 이사 간 집에서는 언니와 같은 방을 쓰게 되었다. 어디든 나를 따라다니는 머쓱이까지 더하면 셋이 한방을 썼다.

"근데 답은 이거야. '쥐구멍에도 볕들 날 있다'."

언니의 말에 나는 머쓱이를 끌어안으며 여기가 쥐구멍이어도 상관없다고 생각했다. 머쓱이가 있으니까. 이렇게 함께 있으니까.

"언니, 다 괜찮겠지? 괜찮아지겠지?"

언니는 문제집을 넘기며 한숨을 쉬었다. 꼭 엄마나 아빠처럼.

2

머쓱이가 이상했다. 밥을 깨작거리는가 싶더니 물조차 입에 대지 않게 되었다. 걸을 때마다 비틀거리다가 그런 움직임마저 줄어들고, 어느 순간부터는 방 한구석에 웅크린 채 밭은 숨만 쉬었다. 안아서 화장실에 데려다 놓으면 끙 소리를 내며 오줌을 싸고는 그 자리에 엎어졌다.

"엄마, 머쓱이가 많이 아픈가 봐요."

컴컴한 안방에 가서 나에게만 들리게 입술을 달싹였다. 집이 좁아서 미처 풀어 놓지 못한 이삿짐이 발에 차였다. 엄마는 머쓱이처럼 끙끙 앓으며 뒤척였다. 우리 엄마, 화장실은 제때 가면서 아픈 걸까. 약국 봉투에서 오늘치 약을 꺼내어 엄마 머리맡에 두고 방을 나왔다.

"여름아, 왜? 아빠 바빠!"

세 번 만에 전화를 받은 아빠가 말했다.

"아빠, 머쓱이가……."

어렵사리 꺼낸 말인데 아빠는 배달 콜이 들어왔다며 전화를 끊었다. 툭 끊긴 전화처럼 저 아래로 툭 떨어지던 마음. 그 아득한 느낌만큼은 지금도 생생하다.

> 언니, 머쓱이 아픈 거 더 심해졌는데 어떡해?
> 병원 가야 할 거 같은데…….

그때 나는 중학생, 여름 방학 기간이었고 언니는 고등학생, 학교에 가 있었다. '병원 갈 돈이 없어'란 메시지는 보내지 못하고 머뭇거리는데, 답이 왔다.

> 옷장 안쪽에 파란 상자 열어 봐.
> 거기 돈 조금 있어.

옷장 속의 파란 상자에는 삼십삼만 원이 들어 있었다. 나를 포함해 우리 식구 누구의 기준으로 봐도 '조금'이 아니었다. 언니는 이 돈을 언제부터, 왜 모았을까? 미납 고지서가 쌓이고 그 위에 부모님 한숨이 쌓여도 내놓지 않고 숨겨 둔 비상금. 가을 언니는 머쓱이가 나 다음으로 좋아하는 사람이었다.

돈을 가방 안주머니에 챙기고 이동장을 꺼내 왔다. 머쓱이는 눈에 띄도록 상태가 악화되고 있었다. 이제는 화장실에 넣어 주어도 그 잠깐을 버티지 못하고 쓰러졌다. 무슨 까닭인지 코와 발바닥,

귀도 창백했다.

"병원에서 치료받으면 금방 괜찮아질 거야, 머쓱아."

나 들으라고도 한 말이었지만, 한 시간 뒤에 거짓말로 판명되었다. 머쓱이를 본 수의사 쌤은 얼른 엑스레이를 찍고 혈액 검사부터 했는데, 결과가 참담했다.

"부모님은요? 같이 안 오셨어요?"

쌤이 검사 결과를 모니터에 띄우며 말했다. 해석 불가능한 영어와 숫자가 한가득. 화면을 확대하는 쌤의 표정이 우울한 저녁 뉴스처럼 어두웠다.

"네, 바쁘셔서요……."

"이런 얘기를 학생한테 하기가 좀 그런데, 워낙 급한 상황이라 일단 말할 테니까 놀라지 말고 들어요. 머스터드 상태가 많이 안좋아요. 솔직히 최악이에요. 이게 쉽게 말하자면 빈혈 관련 수치인데 봐요, 한 자리죠? 두 자리여도 낮은 건데 한 자리예요. 심각해요, 지금."

수의사 쌤이 볼펜으로 짚은 자리에 적힌 숫자, 9.

"엑스레이 찍은 걸 보면 간이 여기 갈비뼈 바깥으로 삐져나와있죠? 정상 크기보다 상당히 비대해져 있어요. 아무래도 간 출혈이 있지 않나 싶은데 이건 둘째 문제고, 급한 불부터 끄려면 수혈을 받아야 돼요. 안 그러면 머스터드, 오늘 못 넘겨요."

오늘? 머쓱이에게 남은 날이 오늘 하루라고? 벌써 저녁 무렵인데? 가슴이 무너졌지만 내 기분 따위는 망가져도 좋았다. 머쓱이가 낫는다면, 죽지 않는다면.

"우리 병원은 수혈이 안 되고 큰 병원으로 가야 되는데, 전화를 해 둘 테니 바로 옮기세요. 그 병원은 학생 혼자서는 안 되고 부모님과 같이 가야 할 거예요. 수혈이 좀, 비용이 많이 들어서. 거기다가 이것저것 검사도 하고 입원도 해야 할 테니까요."

"비용이 어, 얼마나 나오는데요?"

대답을 듣자 나도 모르게 얼굴이 일그러졌다. 파란 상자가 몇 개나 더 필요한 걸까.

"수혈만 받으면 우리 머쓱이, 괜찮아질까요?"

"낫는다고 100퍼센트 장담은 못하지만 현재로썬 그게 유일한 방법이에요."

그날치 진료비와 검사비를 냈더니 언니의 돈도 구만 원밖에 남지 않았다.

머쓱이를 데리고 병원을 나왔다. 수의사 쌤은 한시가 급하니 지체하지 말고 큰 병원으로 가라면서 쪽지에 병원 이름을 적어 줬다. 나는 덥고 시끄러운 길거리에 멍하니 서 있었다. 땀나는 손에 쥔 쪽지가 구겨지고, 머쓱이는 이동장 안에서 숨을 헐떡였다. 오늘이란 시간이 점점 줄어들고 있었다.

언니에게 머쓱이가 수혈받아야 한다고, 안 그러면 오늘을 못 넘긴다는 말을 전하자 영상 통화가 걸려 왔다. 길가 벤치에 걸터앉아 전화를 받았다. 언니도 학교 뒤편의 벤치에 앉아 있었다. 머쓱이를 보여 달라고 해서 이동장 안을 카메라로 비추어 줬다.

"혹시 돈 좀 더 있어? 병원비 되게 많이 나올 거래."

그러자 언니는 꼭 죽을 것만 같은 표정을 지었다. 보고 있기가 괴로웠다.

"아니야, 언니. 내가 알아서 할게."

"뭘 어떻게 알아서 해?"

"그냥, 그런 거 있어."

아빠처럼 툭 전화를 끊었다. 다시 전화가 걸려 와도 받지 않고 무음 모드로 바꿨다.

이동장을 무릎에 올려서 두 팔로 껴안고 거리를 바라봤다. 걸어가는 사람들, 달려가는 차들, 어두워지는 하늘. 멀쩡한 세상 속에서 머쓱이는 죽어 가고 있었다.

남은 돈은 구만 원, 머쓱이를 아프게 하는 그 한 자리 숫자처럼 9, 언니의 전 재산. 0의 제왕인 나는 모아 둔 돈도 0원이었다. 머쓱이를 큰 병원에 데려가기에는 터무니없이 작은 숫자, 0과 9. 몸 안에서 피를 흘리느라 코도 발바닥도 하얬구나. 난 그것도 모르고 며칠 동안이나 널 방석에 눕혀 놓고 뭐라도 먹이려고 애를 썼지.

병원에 가서 사정해 볼까? 지금은 돈이 없지만 생기는 대로 꼭 갚겠다고, 머쓱이를 제발 살려 달라고. 그런데 지금 없는 돈이 나중에는 어디서 생기지? 머쓱이도 아프고 엄마도 아프고, 난 주머니에 구멍 난 빈털터리고.

머쓱이를 이대로 죽게 놔둘 수는 없었다. 내 우주에서 죽음 다음에 무엇이 오는지 나는 몰랐지만, 머쓱이가 죽고 나면 내가 어떻게 될지는 알았다. 텅 빈 영혼과 눈빛으로 흐느적거리는 허깨비가 되겠지. 친구도 없고 재미도 없는데 살기 싫어지겠지. 그렇지만 나는 어떻게 돼도 좋았다. 머쓱이가 아프지만 않다면. 죽도록 아픈 너 때문에 맘이 죽도록 아프지만…… 머쓱아, 널 죽게 놔두지는 않을래.

택시를 잡아타고 운석이 떨어진 곳으로 갔다. 택시비를 내고 작은 숲의 입구에서 내리자 육천 원이 남았다. 병원 갈 돈은 물론이고 집에 돌아갈 돈도 바닥났다. 물러설 데가 없었다.

젤리 벽이 나타날 때까지 걸었다. 머쓱이를 죽게 놔두지 않겠다는 다짐만 되새겼다. 초기화와 죽음은 다르다. 내가 보기에, 초기화는 끝이 아니라 시작이다. 새로운 세상과 새로운 삶과 새로운 목숨. 머쓱이가 내 옆에서 죽기보다는 멀리서라도 다시 태어났으면 했다. 그럴 가능성이라도 붙들고 싶었다.

젤리 벽을 통과하자, 설원.

머쓱이는 젤리 벽에 갇혀 버렸다. 이동장을 잡아당겨도 젤리가 쭈욱 늘어날 뿐 끊어지지 않았다. 젤리 벽에 손을 넣어 머쓱이를 이동장에서라도 꺼내 줬다. 머쓱이는 머쓱해하는 표정을 지으며 젤리 속에 떠 있었다. 젤리 우주를 항해하는 우주 고양이처럼.

"아픈 거 못 고쳐 줘서 정말 너무 미안해. 다음엔 아프지 말고 건강해야 돼, 알았지?"

나는 마음을 모질게 먹고 돌아서서 운석 쪽으로 걸어갔다.

3

"드디어 왔구나! 이제야 만났어!"

웬 할머니가 안마 의자에서 일어나며 외쳤다.

눈물 젖은 눈을 깜빡여 봐도 안마 의자가 맞았다. 머쓱이 때문에 슬프고 괴로운 와중에도, 덜덜덜 진동하는 의자의 존재감은 강력했다. 왕좌 수준으로 커다랬으니 그럴 수밖에. 다른 생에서도 저런 안마 왕좌가 있고 그랬나? 이런 건 꼭 기억이 안 나지.

"또 초기화를 하러 왔겠지, 응?"

어딘지 모르게 낯익은 할머니였다. 언젠가 본 듯도 싶고 누군가와 닮은 것 같기도 하고. 여기 관리인인가?

"저를…… 아세요?"

할머니는 뭐라고 대답하려던 입을 오므리더니 나를 봤다. 나도 할머니를 봤다. 기억을 뒤져 봐도 어디서 본 누구인지 모르겠는데 분명, 낯익은 얼굴이었다.

"너, 울고 있구나?"

뺨을 손등으로 훔치자 눈물이 묻어났다. 할머니 말대로 난 울고 있었다. 뒤를 돌아보아도 젤리 벽 안의 머쓱이에게는 눈빛이 닿지 않았다.

"머쓱이가 아파요."

아무한테라도, 이 할머니가 아니라면 저 안마 의자를 붙잡고라도 넋두리하고픈 심정이었다.

"머쓱이가 누군데?"

"제 고양이에요. 머스터드 머쓱이."

눈물과 콧물을 훌쩍거리면서도 머쓱이의 정식 이름을 말해 주었다. 그 정다운 이름을 한 번이라도 더 불러 보려고.

"고양이라고? 아, 저기 쟤. 뭐, 대왕 메뚜기보다는 낫네. 저 고양이 때문에 초기화를 하려는 건가?"

할머니가 팔짱을 끼더니 면접이나 심문처럼 따져 물었다. 설원의 관리인이 맞는구나, 확신이 들었다. 초기화 의사가 확실한지 확인하는 절차를 코스모스 그룹에서 도입했을지도.

"네, 머쓱이가 많이 아파서요."

나는 콧물을 들이마시며 반복해서 말했다.

"왜, 못 고친대?"

"해 봐야 안다는데 낫는다는 보장은 없대요. 치료비도 많이 나올 거라 그러고……. 근데 저는요, 머쓱이를 죽게 놔둘 수가 없어요. 죽으면 그다음엔 어떻게 될지 모르잖아요. 또 초기화를 해야 된다고 생각하니까 저도 답답해요. 이번엔 머쓱이가 있어서 행복했는데…….”

말이 눈물처럼 줄줄 흘러나왔다.

“무슨 말인지 대강은 알겠어. 알겠는데, 자꾸 초기화를 하면 머쓱인가 하는 고양이는 그렇다 쳐도 딴 사람들은 어떡하라고. 적잖이 곤란해지는 사람도 있지 않겠어? 마른하늘에 날벼락처럼 세상이 끝나 버리는 거잖아. 학생도 친구가 있고 가족이 있을 텐데 이렇게 갑자기 헤어져도 괜찮아?”

헤어져서 아쉬울 만큼 친한 친구는 없으니 건너뛰고, 가족을 한 명씩 떠올렸다. 허리 통증을 진통제로 달래면서 일을 알아보는 엄마, 밥 먹을 시간도 아껴 가며 각종 음식을 배달하는 아빠, 미대를 가려다가 학원비가 부담돼서 포기한 언니.

툭, 소리가 났다. 나뭇가지에 쌓인 눈이 떨어져 내리는 소리였다. 괜스레 목덜미가 서늘해져서 한 손으로 목을 훑었다.

친구도 가족도 없는 이들을 떠올렸다. 매인 데 없이 가뿐하고 평온한 사람들. 외롭고 자유로운, 쓸쓸하고 슬픈. 이번 생에서 난, 머쓱이가 있어서 외롭지 않았다. 날마다 즐거움으로 충만했다.

“할머니는 이 세상이 점점 더 나빠진다고 생각하세요?”

할머니는 팔짱 낀 손을 풀더니 곰곰이 생각하는 눈치였다. 짧고도 긴 시간이 흘렀다. 툭, 툭. 눈이 또, 또, 떨어지고.

“그렇다고 생각한 시절도 있었지. 얼핏 보면 정말 그래 보이기도 하고. 하지만 실제로는 조금씩이라도 좋아지고 있지 않을까 싶은데."

"그렇죠? 제가 봐도 그런 거 같아요. 예전엔 헷갈렸는데 이번에 머쓱이 만나고서 생각이 바뀌었어요. 그러니까 다음 세상은 좀 더 좋아질지도 모르잖아요?"

"그건 보장 못하지. 그래프가 위로만 향하라는 법은 없잖아? 내가 보기에 세상일은 그렇거든. 위로 아래로 들쑥날쑥한데 평균값으로 따지면 그래도 좀 나아졌더라, 그런 거지. 설사 더 나은 세상이 얻어걸린다 해도, 사람들 입장에선 살던 세상에서 계속 사는 게 낫지 않겠어? 그 세상에 잔뜩 정들었을 텐데."

꿀벌 선장은 모든 존재에게 각자 자기의 우주가 있으며 다들 자기 우주에서는 주인공이라고 했다. 내가 거침없이 초기화를 해 온 데에는 그 말을 믿는 구석도 있었다. 모두 자기 우주가 따로 있으니 여기서는 어떻게 되든 괜찮겠지, 하는 식으로. 여기 이 세상은 내 우주, 내 집이었다. 그러니 난 누가 뭐래도 이 세상을 초기화할 것이다. 몸 안에서 피가 조금씩 빠져나가고 있는 머쓱이를 저대로 죽게 놔둘 수는 없었다. 우주 초기화보다 병원비 마련이 더 어렵다니 말도 안 되는 현실이지만 그건 내 잘못이 아니잖아. 내 주머니에 든 동전이라고는 초기화뿐이었다. 이기적이고 못돼먹었다고 욕먹어도 물러서지 않겠다.

"혹시 돈이 문제라면 내가 빌려줘도 되고."

"네?"

굳은 결심으로 앙다문 입을 벌어지게 하는 말이었다.

"고양이 치료비 말이야. 설마 수천이나 수억이 드는 건 아닐 거 아냐?"

"진짜요? 진짜 빌려주실 거예요? 정말로요?"

이 할머니가 코스모스 그룹에서 파견한 관리인이 아니라 설원 으로 내려온 천사라고 믿어 버리면 그만이었다. 천사냥 머쓱이의 동료 천사라고, 담당 분야는 긴급 대출이라고 말이다. 머쓱이를 살릴 수만 있다면, 머쓱이와 헤어지지 않아도 된다면 할머니 천사 에게 얼마든지 도움을 청하고 싶었다.

"속고만 살았나. 참, 이름이 뭐지? 돈거래를 하려면 이름 정도 는 알아 봐야지."

"여름이에요. 채여름."

그러자 할머니가 나를 가만히, 뚫어지게 바라보았다. 뒤쪽으로 가서 여행 가방을 열더니 사진을 한 장 꺼내어 돌아온다. 오래되어 테두리가 해진 사진이었는데 내 쪽에서는 뒷면만 보였다. 할머니 는 사진을 보고 나를 보고, 그걸 몇 번이나 반복했다.

"어쩐지 이걸 챙겨 오고 싶더라니. 채여름이라고? 그래, 그럴 테 지. 요즘 스타일이라 못 알아볼 뻔했네."

할머니는 사진을 옷 주머니에 넣고는 돈뭉치를 꺼내 와서 내밀 었다.

"어때, 이 정도면 되겠지?"

나는 떨리는 손으로 공손히 돈을 받아 들었다. 그런데 지폐가 반짝거리는 은색이다. 우리나라에 동전 말고 은색 돈이 있었나? 반으로 접힌 돈뭉치를 펼치자 '오만 원'이란 글자와 함께 유관순 열사의 그림이 나왔다.

"아, 진짜! 이런 돈이 어디 있어요?"

소리를 내지르며 할머니에게 돈을 던지듯 돌려줬다. 내가 지금 어떤 상황인지 들었으면서도 가짜 돈으로 사람을 놀려 먹다니 제정신인가. 게다가 가짜 돈은 왜 갖고 다니는 건데? 그것도 저렇게 정교한 가짜를. 그 유명한 유관순 열사와 한글만 아니었다면 다른 나라의 돈인가 보다 생각했을 것이다.

"어디 있긴, 여기 있지. 고양이 치료할 돈이 필요하다면서?"

"진짜 이러실 거예요? 위조지폐 갖고 다닌다고 신고해 버릴 거예요!"

우주 경찰이라면 모를까 경찰이 이 설원에 들어와서 할머니를 잡아가지는 못하겠지만, 무턱대고 콱 신고해 버릴 테다.

"얘가 지금 무슨 소리를 하는 거야. 갑자기 웬 위조지폐?"

"돈 색깔이 이상하잖아요. 그림도 신사임당이 아니라 유관순 열사고."

"신사임당? 오만 원 지폐에 신사임당이 나온다고?"

할머니는 통 모를 소리라는 표정으로 지폐를 들여다봤다. 발연

기상이라도 주고 싶을 만큼 능청스러운 열연이었다. 부상은 꿀벌이 그려진 천만 원권 천 장쯤으로 해 드리죠.

"신사임당이라니 말도 안……."

말을 멈추더니 뭔가 생각났다는 눈빛이 되는 할머니. 갑자기 친절한 말투로 묻는다.

"너 그러면 신사임당 그려진 돈 좀 보여 줄 수 있니?"

"저 지금 육천 원밖에 없어요."

돈을 뺏어 가려나 싶어서 의심스러운 건 둘째치고 지금 신사임당 같은 큰돈이 없어서 문제라고요.

"아, 그래? 그럼 그거라도 줘 볼래?"

돈을 빌려주겠다더니 이제는 내놓으라네. 관리인인 척하는 사기꾼이라고 반쯤 확신하면서도 주머니에서 천 원짜리 한 장, 오천 원짜리 한 장을 꺼냈다. 혹시나 하는 희망을 품은 채로.

할머니는 돈을 한참이나 뜯어보고 나서 내게 다시 돌려주며 이렇게 말했다.

"미안하지만 돈 얘기는 없던 걸로 해야겠어. 아무래도 내가 끼어들어서 될 일이 아닌 거 같아."

나는 이 긴박하고 중요한 때에 소품까지 활용해 사람을 우롱한 할머니를 노려보았다. 돈을 구했다는 기쁨에 잠시나마 달아났던 눈물이 돌아오고 눈꺼풀이 파들거렸다. 더는 이상한 할머니 때문에 낭비할 시간이 없었다. 우리 머쓱이가 죽어 가고 있었다. 1분

1초가 급했다.

운석으로 다가가서, 숨과 눈물을 들이마시고는 그 위에 발을 올려놓았다. 등 뒤에서 할머니가 몸을 움찔하는 듯했지만 그게 전부였다.

발에 힘을 주자 쌓인 눈을 뚫고 땅속에 박히는 운석.

세상은 조용했다. 아무 일도 일어나지 않은 것처럼, 아무 일도 일어나지 않을 것처럼.

"이봐, 채여름. 만약 이 모든 게 책 속의 이야기라면 말이야, 책 제목이 뭘까?"

하늘이 보랏빛으로 물들고 젤리 벽의 진폭이 커졌다. 나는 내 쪽으로 다가오는 젤리 벽을 향해, 그 안의 머쓱이를 껴안으려는 듯 두 팔을 뻗었다.

"'설원에서 만난 여름', 이 제목은 어때?"

별로거든요, 하고 대답할 기회는 없었다.

2부

설아와 거자, 우주 카페

1

나 채여름은 이번 생도 자목련동에서 태어났고, 새별중학교 2학 년이다. 지금은 국어 시간, 한 분단에서 두 명씩 학습 활동 2-(2)번 을 발표하는 중이다. 마침내 마지막 분단의 마지막 발표자에 이르 렀다. 지구의 탄생과 인류의 진화만큼이나 길고 지루한 23분 동안 나는 내 예전 삶을 훑어보았고 말이다.

다들 최후의 주자, 민설아가 입을 열기만 기다린다.

설아는 엉거주춤 자리에서 일어난 채 머뭇거렸다. 마스크 위로 드러난 얼굴이 빨갛다. 얼마나 하기 싫을까, 진짜. '소중한 친구를 소개하는 짧은 글을 써 보자'라고? 열다섯 살씩이나 먹어서는 남 들 앞에서 소중한 친구 어쩌고저쩌고해야 한다니 낯 뜨겁다. 나는 머쓱이에게 보내는 편지를 한 바닥 가득 썼는데, 딴 사람 들으라고 이걸 읽으니 확 초기화를 해 버리고 말지.

"뜸을 들이니까 어떤 친구를 소개해 줄지 한층 더 궁금해지는걸."

국어 쌤이 느끼한 말투로 설아를 채근했다. 저 선생님, 예전에는 영어 담당 아니었나? 음악이었던 것 같기도 하고, 둘 다였을지도 모르고.

설아 재랑은 언제부터 같은 반이었더라. 저저번? 저저저번? 아무튼 이번 생이 처음은 아닌 듯하다. 여러 생을 넘나드는 기억력은 역시나 들쭉날쭉하다. 난 구멍 뚫린 주머니, 생과 생 사이마다 기억을 흘리고 다닌다. 주머니 솔기에 낀 모래 알갱이처럼 몇몇 기억이 살아남아 반짝거릴 뿐.

누군가 질질 끌지 말라는 듯 한숨을 내쉬자 설아의 얼굴이 더 빨개졌다. 나도 한숨이 나오려 했는데, 그건 나 자신 때문이었다. 몇 번째인지도 모를 인생이 따분하고 지겨웠다. 사고 싶은 물건도, 하고 싶은 일도, 가고 싶은 곳도 없다. 작게는 나 자신부터 크게는 은하계까지 통틀어 세상만사에 심드렁, 시큰둥. 초기화나 해 버릴까, 싶다가도 머쓱이를 만나게 될지도 모른다는 생각에 버티고 있다.

마스크 안으로 손가락을 넣어 뺨을 긁으려 했는데, 윽, 통통한 뾰루지를 건드렸다. 아프고 따갑고 간지럽다. 이놈의 D-바이러스! 여름이 되니 채여름은 더 죽을 맛이다. 안 그래도 습하고 끈끈한데 마스크 때문에 더 고역이다. 물론 나의 우주에서 D−바이러스 같은 전 지구적 빌런의 등장은 드문 일도 아니다. 먹성 좋은 메뚜기 떼, 전염성 좀비, 급격히 상승하는 해수면, 소행성의 접근 등등 위기는 많았으나 D−바이러스만큼 짜증스러운 녀석은 없었다……고 허술한 기억력으로나마 장담해 본다.

"내 베프 고양이, 겨자."

제목이 공개되자 사방에서 킥킥대는 소리가 튀어나왔다. 웃음 포인트는 베프라는 관계일까, 고양이라는 종일까, 겨자라는 이름일까. 나로 말할 것 같으면 셋 다에 관심이 갔다. 내 절친 고양이 머스터드는 우리말로 겨자라는 뜻이니까.

나는 손바닥과 손금처럼 머쓱이랑 딱 붙어 다니고 싶은데, 이번 생에서는 아직 만나지 못했다. 언젠가는 만나리라는 희망을 버리지 않은 덕분에 세상은 용케도 0의 구멍으로 빨려 들어가지 않았다. 나 말고는 아무도 모르는 사실이자 진실이랄까.

"난 가끔 고양이처럼 태평했으면 싶고, 겨자는 이따금 사람처럼 생각이 많다. 겨자의 배에 있는 노란 점을 누르면 문이 지잉 열리면서 사람이 나올 것 같다……."

어, 머쓱이도 배에 노란 점이 있는데? 까불까불 발랄한데 알고 보면 다 제 나름대로 생각이 있었고! 나는 머쓱이와 겨자를 점과 점처럼 이으며 설아의 목소리에 귀 기울였다.

"겨자가 아프지 않고 건강했으면 좋겠다."

떨리는 목소리 끝에 묻어나는 울음기. 겨자, 어디 문제라도 생긴 걸까? 요 직전 생에서 몹시도 아팠던 머쓱이를 떠올리자 갈비뼈가 쇠창살이라도 되는 듯 속이 답답해졌다.

설아는 교과서를 쥐고 2초쯤 침묵하더니 자리에 앉았다. 다음 순서는 발표자들에게 소감 한 줄씩 써 주기. 나는 손에 손을 거쳐 내게 도달한 종이에 이렇게 적었다.

• (민설아)에게 (채여름)이/가: 겨자, 귀여울 거 같아(^._.^)

쉬는 시간, 설아가 내 자리로 왔다. 설아의 교복에서 떨어진 고양이 털이 오후의 햇빛 속에서 팔랑거리다가 책상에 내려앉았다. 꿀처럼, 머스터드 소스처럼 노란 털. 나는 설아가 고개를 숙이고 교복 블라우스를 만지작거리는 틈새에 그 털 한 오라기를 집게손가락 끝으로 꾹 눌러 챙겼다.

"저기, 겨자 사진…… 볼래?"

설아가 망설이며 물었다.

참, 고양이 집사들이 이렇다니까. 자기 고양이 귀엽다는 말을 지나치질 못하지.

"응, 볼래."

나는 고양이를 지나치지 못하고.

122

"여기."

설아가 휴대폰을 내밀었다.

이것이 이번 생에서 우리의 첫 대화다. 나와 설아는 둘 다 학교에서 있는 듯 없는 듯, 잉크가 끄트머리에 실금만큼 남은 젤펜처럼 지낸다. 그러다 보니 1학기가 끝나 가도록 말 한마디 나눠 보지 못했다.

'겨자' 폴더의 사진을 넘겨 보다가 나는 놀란 나머지 손가락을 멈추었다. 겨자 애, 머쓱이랑 똑같이 생겼잖아! 노란색 줄무늬, 호박색 눈, 꼬리 끝이 구부러진 각도와 방향, 하얀 배에 난 노란 털의 위치까지 똑같다. 거기까지였다면 긴가민가, 희귀한 우연이 아닐까 하고 말았을 것이다. 하지만 볕 좋은 창턱에 앉아 바깥을 내다보는 겨자의 눈에 오묘한 보랏빛이 아롱거린다. 머쓱이도 딱 저랬다. 이 정도면 우연이 아니다. 우연일 수가 없다.

머스터드=머쓱이=겨자

머릿속에 새겨지는 등식에 현기증이 일었다. 다리에 힘을 주며 휴대폰을 움켜쥐는 바람에 사진이 다음으로 넘어갔다. 사진과 사진 사이에 무슨 일이 있었는지, 겨자는 비쩍 마른 채 털도 푸석거리고 눈빛만 깊다.

"그건 어젯밤에 찍은 거야. 얼마 전부터 아픈데 우리 집에선 관심도 없어."

마스크 안쪽에서 웅얼거리는 목소리인데도 내 귀까지 또렷이 와닿았다.

설아는 귀여운 겨자뿐만 아니라 수척한 겨자도 보여 주고 싶었던 걸까. 고양이는 힘들어하는데 어른들은 관심도 없고, 혼자서 미칠 지경이겠지. 나도 겪어 본 일이라 그 마음 안다. 그래도 난 옷장 속에 파란 상자를 숨겨 둔 가을 언니가 있었지만 설아는 어떨지.

"병원에 데려가야 할 거 같은데……."

어른들이 돈 걱정을 할 때와 비슷한 각도로 어깨를 늘어뜨리는 설아. 얘 옆에 겨자 말고는 아무도 없나 보다. 딱 보니 그런 느낌이 든다. 난 비상금을 쓸 순간이 다가왔음을 직감했다.

"혹시 돈 때문에 그러는 거면, 내가 빌려줄까?"

이런 말은 재지 말고 단숨에 해야 덜 재수 없다. 그리고 한번 뱉은 이상 절대로 취소하지 말 것!

다섯 살 때부터 모은 세뱃돈이 웬만큼 목돈이 되었고, 용돈도 매달 반 넘게 저축해 왔다. 용돈이 많아서가 아니라 돈 쓸 의욕이 미약해서 그렇다. 사고 싶은 물건도 없고 하고 싶은 일도 없으니까 돈 쓸 데도 없지. 친구도 없고 우정도 없고 무엇에든 호기심이나 흥미도 없고.

하지만 천 살 먹은 바다거북 같은 무료한 삶 속에서도, 돈을 모아야 한다는 의지만큼은 굳건했다. 삼 년 전 코스모스 그룹에 갔다가 머쓱이를 기억해 내고부터 비상금을 열심히 모아 왔다. 머쓱이와 재회했는데 머쓱이가 또 아프다면? 그럴 때는 병원비라도 있어야 한다.

"돈을……? 지, 진짜?"

안 그래도 커다란 눈이 더 커다래지는 설아.

"응, 진짜."

"언제까지 갚아야 돼?"

"돈 생기면 아무 때나."

D-바이러스가 튀어나온 이번 생을 어떻게 할지 조금 전까지만 해도 미정에 보류였지만 머쓱이=겨자를 알게 되었으니 상황이 달라졌다. 겨자는 다시 태어난 머쓱이가 틀림없었다. 제발 이번에는 무사해야 돼, 속으로 빌었다.

"근데 겨자는 왜 겨자야? 털 색깔 때문에?"

"그것도 그런데 몇 년 전에 공원 갔다가 어떤 고양이를 봤거든? 머스터드라고 이름표를 달고 있는 거야. 나중에 길냥이를 주웠더니 걔랑 완전 닮은 거 있지. 나, 한번 본 얼굴은 잘 안 까먹어. 그래서 겨자라고 지었어. 머스터드랑 같은 뜻이잖아."

머쓱이를 우주선처럼 생긴 투명한 이동장에 넣어서 데리고 다녔던 일이 떠올랐다. 잃어버리기라도 할까 봐 목에 커다란 이름표도 달아 줬었고. 혹시 민설아 애, 다른 생에서 겪은 일을 기억하는 건가? 그때의 짧은 스침이 설아의 기억 통장에 잔액으로 남아, 몇 년 전 일이라는 착각을 일으킨 게 아닐까.

"병원, 같이 가 줄까?"

"정말 그래 줄 수 있어? 고마워, 여름아!"

설아는 돈을 빌려주겠다고 했을 때보다 더 기뻐하며 내 손을 잡았다.

나는 손을 빼려다가 그 대신 힘을 뺐다. 눈물이 글썽글썽한 설아의 눈이 사진 속 겨자처럼 깊어만 보였다.

2

"어른인 척만 하면 된다는 거지?"

"척할 필요도 없을 거 같은데?"

그러자 가을 오빠가 멈춰 서더니 건물 유리에 비친 자기 모습을 살펴보았다. 내가 봐도 누가 봐도 열여덟 고딩의 얼굴이 아니다. 25~30세쯤 되는 젊은 아저씨 같다.

"노안이 나중엔 동안 된대."

"응, 안 물어봤어."

뭐라고 대꾸하려다가 마는 가을 오빠. 그렇다, '오빠'다. 아저씨 아니고 언니는 더더욱 아니고 오빠. 어쩐 일인지 이번 생에서는 그렇게 됐다. 동물 병원에 같이 가 달라는 부탁을 라면 한 그릇으로 수락할 만큼 호락호락하기까지 한 가을 오빠. 물론 나도 달걀을 두 알이나 풀고 김치냉장고의 해저층에서 열무김치를 발굴해서 대령하는 정성을 기울였다.

"그런데 생각해 보니까, 동물 병원 정도는 너희끼리 가도 되잖아? 미성년자 출입 금지 구역도 아니고."

"그럼 어른은 어디 있냐면서 까다롭게 군단 말이야."

가을 오빠는 그쯤으로도 이해됐는지 목적지로 향했다. 산책을 즐기는 충직하고 해맑은 골든리트리버 같은 걸음새로.

다비드호를 방문했다가 나오는 길, 머쓱이에 이어 누가 생각났느냐 하면, 가을 오빠였다. 매번 언니였던 것 같은데 이번에는 어째서 오빠인 거지? 그로부터 삼 년이 흐른 지금까지도 적응이 안 된다. 거기다가 골댕이처럼 순하고 친절한 친오빠라니, 오빠와 여동생은 역사적으로나 상식적으로나 원수 사이 아닌가? 새삼 전설속의 유니콘과 한집에서 지내는 기분이 들었다.

그래도 뭐, 가을 언니와 가을 오빠 사이에 공통점이 없지는 않다. 가을 오빠도 가을 언니처럼 시끄러운 음악을 좋아하니까. 오빠가 과자를 먹으며 시끄러운 음악이 꽝꽝 터지는 좀비 영화를 볼 때마다 난, 가을 언니가 생각난다. 치료소를 탈출해 집으로 도망 왔던 좀비 언니.

"아, 안녕하세요."

동물 병원 앞에 서 있던 설아는 오빠를 보자 눈동자가 흔들렸다. 어른 역할을 해 줄 오빠를 데려간다고 말해 놨는데도 오빠인지 아빠인지 헷갈리는 눈치다.

"급하니까 얼른 들어가자."

나는 설아와 오빠의 중간을 비집고 들어가며 병원 문을 밀었다. 이번에는 처음부터 큰 병원으로 왔다.

이동장 안에서 겨자가 냐, 울었다. 냐옹, 하고 울음을 마무리할 힘도 없나 보다. 울음소리만 들었는데도 시큰한 눈물이 안구 표면을 스쳤다. 설아가 접수대에 이동장을 올려놓자 문 너머를 보고 있던 겨자와 눈이 마주치고 말았다. 아아, 얘를 보면 눈물 콧물 쏟을까 봐 안간힘을 다해 외면하고 있었는데. 나는 흘러내리는 한 줄기 눈물을 마스크 안쪽으로 숨겼다.

그렇지만 진료실에서 이동장 밖으로 나온 겨자를 보자, 눈물이 본격적으로 쏟아졌다.

"비염이라서……."

나는 중얼거리며 눈물을 콧물인 척 손등으로 문질러 닦았다.

어제 본 사진보다 더 수척해진 겨자. 정말 머쓱이가 맞는데, 아무리 봐도 머쓱이일 수밖에 없는데, 너무 아파 보였다. 물 한 모금 넘기지 못하고 구석에 웅크리고만 있던 저번 생의 그때처럼, 생기 없이 메말랐다.

겨자는 나를 물끄러미 바라보았다. '여름이 누나, 다시 만났는데 내가 이런 모습이라 어쩌지?' 하듯이. 형광등 불빛을 받은 눈에 연한 보라색이 번져 간다.

이번엔 내가 행운의 요정이라도 돼서 널 구해 낼 테니 걱정 마. 나는 결연한 각오를 눈빛으로 전달했다.

"아이고, 이 녀석 많이 안 좋은가 보네. 언제부터 이러던가요?"

"생각해 보니까 일주일쯤 전부터 안 좋았던 거 같은데 확 나빠진 건 사흘쯤 됐어요."

수의사 쌤이 오빠에게 물었는데 대답은 설아가 한다. 두 사람은 몇 가지 질문과 답을 주고받았다.

겨자의 혈액 검사를 하고 대기실로 나온 지 얼마나 되었을까, 진료실에서 우리를 불렀다. 모니터를 들여다보는 수의사 쌤의 얼굴이 어두웠다.

그러고는 저번 생과 거의 똑같은 상황이 이어졌다. 최악의 검사 결과, 극도로 나쁜 빈혈 수치, 1분 1초가 급한 수혈. 한 가지 다른 점이라면 오늘은 수혈을 받을 수 있다는 것. 다른 곳으로 옮기지 않고 이 병원에서 즉시.

"아무래도 금액이 좀 나올 거예요. 부담스러우실 수도 있는 부분이라 미리 말씀 드립니다."

대략적인 예상 금액을 듣자 설아는 헉 소리를 뱉었고 오빠는 흠흠, 헛기침을 했다. '헉'도 '흠흠'도 없이 담담한 사람은 나뿐이었다.

"괜찮으니까 해 주세요, 수혈."

내 말에 설아와 오빠가 놀란 표정으로 나를 봤다. 수의사 쌤이 컴퓨터에 뭔가 입력하는 사이, 나는 휴대폰 메모장에 '수혈해 달라고 해'라고 써서 오빠한테 보여 줬다.

"어떻게 할까요, 수혈 준비할까요?"

쌤이 역시나 오빠를 보면서 묻자 오빠는 나에게 지시받은 대로 대답했다.

"네? 아, 네. 해, 해 주세요."

설아에게는 '나 저축해 놓은 돈 있으니까 괜찮아'라고 써서 보여 줬다. 설아는 그 밑에 답을 썼다.

'고마워, 여름아. 진짜 정말로.'

걱정 먹구름이 반쯤 걷힌 설아의 눈에 비처럼 눈물이 맺혔다. 만성 비염인 나도 괜찮아졌는데, 얘는 눈물이 많구나.

"수혈은 내일 새벽쯤 끝날 거예요. 수치가 워낙 바닥이라 수혈을 받는 도중에도 상황이 악화될 수 있어요. 혹시라도 문제가 생기면 바로 전화 드릴 테니 꼭 받아 주세요."

다시 '헉'과 '흠흠'. 나도 무릎이 떨렸지만 마른침을 삼키며 마음을 다잡았다. 괜찮아, 겨자야. 넌 괜찮아질 거야. 우리가 널 꼭 살릴 거야. 겨자가 귀찮아서라도 괜찮아질 만큼 텔레파시를 마구 보냈다. 내 응원이 따뜻한 피처럼 겨자의 영혼으로 흘러들기를 기도하면서.

"겨자, 수혈 잘 받고 건강해지면 좋겠다."

병원을 나서자 오빠도 설아에게 격려의 말을 전했다. 설아는 고맙다면서 고개를 숙여 보였다.

겨자는 입원했고, 오빠는 약속이 있다면서 갔고, 퇴근하는 사람들로 분주한 길거리에 나와 설아만 남았다.

"저기, 여름아, 집으로 바로 가야 돼?"

설아가 겨자 사진을 보겠느냐 물었을 때처럼 주저하며 물었다. 얘는 지금 조마조마하고 애가 타는 거다. 나도 머쓱이가 아팠을 때 설아처럼 저렇게 막막한 심정이었다. 수혈이 끝나는 내일 새벽까지 설아에게는 영원처럼 긴 시간이 남아 있었다. 겨자 친구 설아를 영원 속에 혼자 두기는 싫었다. 머쓱이 친구인 나도 오늘만큼은 혼자 있기 싫었고.

"바로 안 가도 돼. 머쓰, 겨, 겨자 때문에 그래? 걱정돼서?"

"응, 어쩐지 좀 무서워서. 뭐라도 같이 먹을래? 잘 아는 카페가 있는데."

그러고 보니 저녁 시간이었다. 겨자는 아파서 죽을 지경인데 배가 고프다니. 오빠에게 라면을 끓여 주면서도 잠잠하던 허기 그래프가 꼬르륵 치솟았다.

"아는 카페 어디?"

"우주 카페!"

나는 열린 문 앞에서 주춤했다. 코스모스 그룹이 있던 2층짜리 건물이 우주 카페로 바뀌었다는 걸 알면서도 안에 들어가 본 적은 없었다. 설아가 문손잡이를 잡고 기다리는 바람에 더는 지체하지 못하고 카페로 발을 들였다.

이름은 우주 카페인데 내부는 철저하게 지구스러웠다. 색과 모양과 크기가 다양한 테이블과 의자, 노란색 계열로 칠한 벽과 거기에 달린 나무 선반들, 귀퉁이마다 놓인 식물 화분, 2층으로 올라가는 계단. 예쁘장하고 아기자기하지만 평범한 카페였다.

우리는 카페라테와 핫초코, 샌드위치를 주문했다.

"라테요, 두유로도 되나요?"

나는 계산대 뒤에 선 언니에게 물어봤다.

"되죠. 해 드릴게요."

입가에 띤 포근한 웃음과 친절한 말투, 뭔가 상당히 자비롭다는 느낌을 주는 사람이었다. 하나로 묶은 머리, 벽과 비슷한 벌꿀색 피부, 하얀 셔츠에 갈색 앞치마.

"쿠키도 두 개 먹을게요. 오늘의 쿠키로요."

설아가 라탄 바구니에 담긴 쿠키를 가리켰다. 두툼한 데다가 크기도 커서 손바닥만 했다.

"오늘의 쿠키는 꿀벌과 도도새예요. 하나씩 드릴게요."

꿀벌 쿠키라는 말에 다비드호의 꿀벌 선장이 떠올랐다. 궁금한 점이 생기면 찾아오라더니 언제나 그렇듯 행방이 묘연해졌지.

"처음 오셨죠? '사사동 쿠키'를 간단히 설명해 드려도 될까요?"

언니가 나를 보며 말했고, 나는 얼떨결에 고개를 끄덕였다.

"'사라진 동물과 사라져 가는 동물 쿠키'를 줄여서 '사사동 쿠키'라고 부르는데요, 환경 파괴와 무분별한 개발로 수많은 동식물이 멸종했거나 멸종 위기에 처해 있다는 얘기는 들어 보셨을 거예요. 우주 카페에서는 사라진 동물과 사라져 가는 동물 중에서 날마다 한둘씩 골라서 그 모습대로 쿠키를 구워요. 쿠키 판매 수익의 일부는 환경 보호 단체에 기부한답니다. 오늘의 동물은 아까 말씀드렸듯이 꿀벌하고 도도새예요. 꿀벌은 근래 개체 수가 급감하는 추세고요, 도도새는 17세기에 인간이 멸종시킨 조류예요."

언니는 서랍에서 네 쪽짜리 소책자를 꺼내서 건넸다. 이럴 수가, 표지에 꿀벌 선장이 그려져 있다. 꿀벌 선장은 제복 대신 매끈한 양복 차림에 접대용 미소를 짓고 있었다. 정중하기 그지없었다. 책자를 넘기자 페이지마다 꿀벌 선장이 등장해 지구 환경과 생태계의 심각한 훼손 상태를 설명했다.

"혹시 이분…… 아세요?"

표지 그림을 손가락으로 짚으며 묻자 옆에 있던 설아의 눈이 휘둥그레졌다. 너한테는 정신 나간 소리로 들리겠지만 나도 내 나름대로 사정이 있다고.

"네? 글쎄요, 한번 볼게요. 음, 이분은 잘 모르겠지만 우리는 앞으로 알고 지낼까요? 전 레아라고 해요, 김레아."

레아라고 자신을 소개한 언니는 손님의 이상한 헛소리를 솜씨 좋게 받아넘겼다. 어른은 어른이고, 프로는 프로구나.

"저는 채여름이에요."

"어머, 예쁜 이름이네요. 설아 양 이름도 참 예쁜데."

이 카페는 손님들 이름을 물어봐서 외워 두고 그러나 보다. 나는 새삼스레 주변을 둘러보았다. 벽 선반에 진열된 조그만 장식물이 눈에 들어왔다. 점토로 빚어서 색을 칠한 갖가지 동식물이었다. 이 정도면 우주 카페라기보다는 생태계 카페가 맞지 않나? 하긴, 지구 생태계도 우주의 일부이기는 하다.

그 이름도 예쁜 채여름과 민설아는, 김레아 언니가 만든 음료와 저녁밥과 디저트를 쟁반에 받쳐 들고 2층으로 올라갔다.

"오, 맛있는데?"

나는 창가에 자리를 잡고 앉아 샌드위치를 한입 먹고는 감탄했다. 입가에 소스를 묻힌 얼굴이 유리창에 비쳤다.

"그치, 맛있지!"

설아는 자기가 샌드위치를 만든 사람이라도 되는 듯 기뻐하더니 이내 시무룩해졌다. 병원에 입원한 겨자가 떠오른 탓이겠지. 이럴 때는 딴생각을 못하도록 자꾸 말을 걸어야 한다. 이름 얘기나 더 해 볼까.

"설아라는 이름에서 '설' 자 있잖아. 그거 '눈 설' 자야?"

"응. '눈 설'에 '아이 아'. 넌 여름에 태어나서 여름이인 거야?"

"그렇지, 아무래도."

"난 가을에 태어났는데 이름은 설아야. 엄마가 눈을 좋아해서 지은 이름이래."

"우리 오빠 이름이 가을인데. 채가을."

"정말? 여름, 가을, 겨울…… 봄 빼고는 다 있네."

"겨자한테 봄이라고 별명이라도 붙여 줘야 하나."

말하자마자 이게 아닌데, 싶었다. 딴생각을 못하게 한다면서 부주의하기는.

우리는 한동안 말없이 사사동 쿠키만 먹었다. 오트밀과 아몬드를 넣은 쿠키는 달콤하고 고소했다.

"여름에 태어났으면, 생일이 언제야?"

설아가 침묵을 깨고 물었다.

"8월 8일."

"어! 그날, 세계 고양이의 날인데!"

"너도 아는구나?"

"무슨 날, 무슨 데이 그런 거 좋아하거든. 재미있는 날은 다이어리에 적어 둬. 세계 꿀벌의 날도 있는데 5월…… 며칠이더라?"

"20일."

"맞아, 20일! 그랬던 거 같아. 그날을 아는 사람은 네가 처음이야."

세계 고양이의 날과 세계 꿀벌의 날을 아는 사람은 나도 설아가 처음이었다. 재미있는 날 또 없느냐고 묻자, 설아는 가방에서 한껏 앙증맞은 다이어리를 꺼냈다. 3월 3일은 세계 야생 동식물의 날, 3월 22일은 물의 날, 3월 23일은 국제 강아지의 날이라고 했다. 9월 7일은 푸른 하늘의 날이고.

"환경의 날은 6월 5일이야."

이 정보를 끝으로 설아는 다이어리를 닫았다.

또다시 조용해진 설아의 옆얼굴에 겨자 생각이 묻어났다. 나는 그에 더해, 지난 생에서 헤어진 머쓱이를 생각했다. 이번 생에서 머쓱이가 설아와 살고 있다니 다행이었다. 설아가 겨자를 얼마나 아끼는지 느껴졌으니까.

"시간이 걸리겠지만 돈은 꼭 갚을게. 너 아니었으면 나랑 겨자는 정말……."

"너무 안 그래도 돼. 난 그냥 해야 할 일을 한 거지, 뭐."

"해야 할 일?"

"그게, 음, 세계 고양이의 날에 태어났으니까 고양이를 돕고 살아야 할 거 같아서."

설아는 산뜻한 농담이라도 들은 듯 싱긋 웃었다. 휴, 둘러대기 성공.

우리 둘의 휴대폰이 동시에 울렸다. 반 단톡방에 올라온 담임

쌤의 공지 사항이었다. 우리 지역에 D-바이러스 환자가 급증해서 내일부터 조기 방학에 들어간다는 내용. 겨자가 아프지 않았다면, 설아와 내가 베프쯤 됐다면 손바닥이라도 마주치며 반겼을 소식이었다.

휴대폰이 또 울렸다. 설아의 휴대폰만. 동물 병원에서 건 전화였다.

나와 설아는 진동하는 휴대폰을 뚫어져라 보기만 했다. 전화가 끊기고, 몇 초 뒤에 다시 왔다. 설아는 이마를 테이블에 대고 괴로워하더니 전화 받기 아이콘 쪽으로 결심을 기울였다.

"여보세요? 네, 네, 네……."

하얗게 질린 입술을 부들거리며 같은 말만 반복한다.

괜찮아, 겨자야, 괜찮아, 괜찮아. 나는 마음속으로 같은 말을 되뇌었다.

"왜? 뭐래? 뭔데?"

나는 설아가 전화를 끊자마자 물었다.

"겨자가……."

"겨자가 뭐?"

"수혈 잘 받고 있대!"

"뭐?"

"걱정할 거 같아서 전화했다고, 경과가 나쁘지 않을 거 같으니까 너무 걱정하지 말라고……."

말끝에 설아가 울먹거렸다. 나도 눈시울이 뜨거워졌지만 누가 뭐래도 비염 때문이었다. 문제 생기면 전화한다더니 문제없다고 전화하면 어떡하냐고, 사람 놀라게. 그래도 병원에서 해 준 전화 덕분에 설아는 수혈이 끝나는 내일 새벽까지 어떻게든 버티고 견딜 것이다.

우리는 음료 한 방울, 쿠키와 빵 부스러기 한 톨까지 다 먹어 치우고서 1층으로 내려갔다. 레아 언니에게 인사하고 출입문 손잡이를 잡는데 문득 긴장이 되어서 손과 어깨에 힘이 들어갔다. 이 문을 열면 다비드호가 나타나는 것 아닐까? 설아한테는 뭐라고 설명하지?

문을 열었다.

밖이었다. 공원 진입로.

내 정체를 알려 준 꿀벌 선장도, 창밖으로 푸른 지구가 푸른 바다처럼 펼쳐진 다비드호도 없었다.

우리는 소화도 시킬 겸, 공원 진입로를 걸어 올라가 광장으로 향했다. 높은 곳이라 저 아래에 있는 바다와 항구가 내려다보였다. 선착장에는 유람선 다비드호가 정박해 있었다.

가로등이 켜지고, 어느 배인지 뿌우우, 뱃고동을 울렸다.

테리

옥수수밭의 할머니와 도시락 가게의 윈터

1

테리는 불고기를 두 판째 볶다 말고 옆을 봤다. 윈터가 과일과 샐러드를 채운 도시락에 고기를 담는 중이었다.

"테리, 두 개는 깨 안 뿌리는 거 맞죠?"

윈터는 테리가 해 둔 메모를 보고도 테리에게 한 번 더 확인을 거쳤다. 훌륭한 태도라고 테리는 생각했다.

"맞아요. 무른 토마토 없나 살펴보는 것도 잊지 말고요."

"네, 방울토마토처럼 눈을 똥그랗게 뜨고서 보고 있어요."

윈터가 정말 눈을 방울토마토처럼 똥그랗게 떠 보였다. 테리와 윈터, 두 사람은 손발이 척척 맞았다.

"예전에는 이 많은 걸 테리 혼자서 다 하신 거예요?"

예전이란 윈터가 도시락 가게에서 일하기 전을 뜻한다. 이곳 직원이 된 지 반년이 됐으니, 그 이전 말이다. 반년 동안 윈터는 참 열심히 일했다. 맡은 일은 확실히 처리하는 유형으로, 식힌 찰밥처럼 야무진 일꾼이었다.

"한창때는 도시락 100개도 싸 봤는걸요? 백 쌍둥이를 둔 엄마가 따로 없었지. 나이 먹으면서 80개, 60개, 점점 줄어서 이제 혼자서는 59개가 한계예요."

"59개요? 오늘 주문이 60갠데요?"

"그러니까 윈터가 아니었으면 못 받았을 주문이죠. 난 59개까지니까. 하나를 더 주면 몰라도 덜 주겠다는데 좋다고 할 손님이 있겠어요?"

윈터는 도시락 뚜껑을 닫으며 곰곰궁리한 끝에 칭찬이라는 사실을 깨닫고는 소리 내어 웃었다. 큼지막한 윗니와 붉은 잇몸을 드러내며 해바라기처럼 밝고 환하게 웃는 표정이 유쾌했다.

테리는 윈터의 도움이 필요했다. 힘든 줄도 모르고 해 오던 일이 올해 초부터 힘에 부치기 시작했다. 시간을 확인하듯 나이를 떠올리니 이제 내가 예순다섯이구나. 새삼스러웠다. 도시락 가게가 같은 자리에서 서른세 해를 보내는 동안 테리는 청년에서 노년이 되었다. 일흔을 지나 여든 살이 될 수는 있을까? 어느 생부터인가 이즈음이면 원치 않는 초기화가 일어나니 말이다.

테리는 가스레인지의 불을 줄이며 조그맣게 숨을 내쉬었다. 윈터를 보면 오래전 돌아가신 할머니가 떠오른다. 두 사람 다 눈이 크고 웃음이 많아서일까.

다정하고 똑똑하면서도 매사에 덜렁대던 할머니. 어린 시절, 집에 이상한 냄새가 진동해서 부엌에 가 봤더니 가스레인지 불 주변으로 고무가 녹아서 떨어지고 있었다. 잔 받침이 찻주전자 밑바닥에 딸려 올라간 탓이었다. 할머니는 그것도 모르고 싱크대에 기대선 채 책을 읽는 중이었다. 테리가 불을 끄고 창문을 열어젖히자 할머니는 읽던 페이지에 손가락을 끼운 채 손녀를 보며 "어머나, 비염이라 몰랐지 뭐니. 코가 제값을 못해" 하고 말했다.

도시락 60개 완료. 두 사람이 저녁으로 먹을 불고기 한 접시만 남았다.

손님이 도시락을 찾아가자 테리는 문을 잠갔다. 오늘 장사는 조기 마감. 팔 만큼 팔았다. 윈터가 각자의 취향에 맞게 커피를 두 잔 내려 왔다. 땀 흘려 일한 다음에는 밥보다 커피가 먼저.

"금요일 저녁에 모임 있는 거 아시죠, 테리? 이번 달 먼슬리는 다 꾸미셨어요?"

"글씨는 채워 놨는데 무슨 주제로 꾸밀지를 못 정했어요. 아이디어가 통 안 떠오르네."

"전 산이랑 바다 느낌으로 꾸몄어요. 여름이잖아요."

두 사람이 진지하게 나누는 대화의 주제는 '다꾸'였다. 다이어리 꾸미기. 다 늙은 나이에 관절염 앓는 손가락으로 다이어리를 꾸민다고 하면 사람들은 웃을 것이다. 그런 건 할머니 손주뻘들이나 하는 일이라고요, 하고 생각할지도 모른다.

어느 날, 테리는 SNS를 구경하다가 다꾸라는 세계를 알게 되어 동호회에 나갔다. 공지에 '초보와 초면 대환영'이라고 되어 있었다. 퀼트 모임에 다닐 때 완성한 테리의 가방에는 검은색 글씨로 가득한 일기장이 들어 있었다.

모임 장소인 카페에 테리가 등장하자, 회원들은 황급히 시선을 돌리거나 자기들끼리 소곤거렸다. 눈이 휘둥그레지도록 기뻐한 사람은 총 두 명이었는데, 한 명은 주최자였고 다른 한 명이 바로 윈터였다. 테리는 두 사람이 추천하는 다이어리와 스티커, 색연필과 형광펜과 마스킹테이프 등등을 사서 다꾸의 세계로 입장했다.

테리와 윈터도 다꾸 모임에서 쓰는 닉네임이다. 윈터가 테리의 도시락 가게에 취직했는데도 둘은 서로를 닉네임으로 부른다. 그 편이 편하고 익숙했다. 사장님이니 누구 씨니 하는 군더더기를 떼어 내니 공평하고 깔끔한 느낌도 들었다.

"테리, 테리가 저한테는 완전 인생 선배라는 거 아세요? 전 나이가 들어서도 다꾸를 계속하고 싶거든요. 그걸 이루셨잖아요."

세 번째 모임에서인가, 옆자리에 앉은 윈터가 한 말이었다. 후배보다 경력이 짧은 선배가 다 있는 모양이었다. 윈터는 초등학생 때 다꾸에 입문한 대선배였다.

"그래요? 난 다꾸 하는 젊은이가 되고 싶은데 그건 안 되겠네요."

초기화를 한다면 다꾸의 젊은 화신으로 한세상 살 수 있을지도 모르지. 이 작은 소원을 기억하기만 한다면 말이야. 테리는 다이어리에 스티커를 붙이다가 혼자 웃었다. 굳이 실현하고픈 소원은 아니었다. 예전 생에서도 몇 번 만난 윈터와 이번 생에서 좀 더 특별한 인연을 맺고부터, 초기화가 일어나지 않기를 더더욱 바라게 되었다.

반년 전 윈터는 아르바이트 자리를 떠돌며 '적어도 일 년 이상 일할 수 있는, 착취와 갑질을 당하지 않을, 쿨함까지는 바라지도 않고 적어도 질척거리지는 않는 직장'을 찾고 있었다. 그 헐렁한 기준에 도시락 가게가 못 미치지는 않는다는 자평으로, 테리는 윈터에게 같이 일해 보자고 제안했다.

동호회에서 지켜보니 윈터는 꽤 괜찮은 사람이었다. 작은 일에도 진심을 기울이는 사람. 이를테면 모임에서 함께 먹을 과자 고르거나 나이 든 신입 회원 챙겨 주기 같은. 윈터는 다꾸에도 진심 어린 정성을 들였다. 핀셋으로 새끼손톱 반만 한 스티커를 집어서 엄지손톱만 한 공간에 착 붙이거나 글 내용에 맞는 그림을 그리는 손놀림을 보면 집중력과 손재주가 보통은 넘었다. 간식으로 싸 간 불고기를 맛보고 낙원의 초대장을 받은 듯한 표정이 되는 것으로 보아 미각 세포도 섬세하고.

다꾸에서는 윈터가 선배였고, 도시락 가게에서는 테리가 스승이었다. 다이어리 꾸미기와 도시락 싸기에는 비슷한 점이 있었다. 한정된 공간에 필요한 요소를 효율적이고 예쁘게 배열해야 한다는 면에서 그랬다. 두 사람은 즐겁고도 진지하게 서로 배우고 가르쳤다.

'이 세상은 네 우주야. 우리 손녀딸, 너의 우주에서는 네가 주인공이란다.'

요즘 들어 최초의 생에서 할머니가 한 말이 자주 떠올랐다. 토끼 선장도 이 세상이 테리의 우주라고 말했다.

윈터가 저녁을 차리려고 자리에서 일어났다. 나도 거들어야지, 생각하면서도 테리는 첫 생이라 그런지 선명하게 남은 기억 속으로 빠져들었다.

2

테리가 열 살이 되던 해, 옆 동네에 운석이 떨어졌다. 칠십구 년 만에 떨어진 운석이라더라, 집채만 한 돌이 지붕을 뚫고 들어가서 집이 무너졌다더라, 하며 다들 얼마간 수군거리다가 시들해졌다. 그래 봤자 시커먼 돌덩이일 뿐이었고 그마저도 무슨 연구소에서인가 냉큼 가져갔다.

"칠십구 년이 아니라 칠십칠 년이야. 정확히 말하자면 칠십칠 년 만에 '발견된' 운석이지. 모르긴 몰라도 그동안 깊은 산이나 숲 같은 데는 종종 떨어졌을걸? 한 뼘도 안 되는 크기인데 집채는 무슨. 정말 그만했으면 집은커녕 동네가 남아났으려고."

테리의 할머니는 골목길에서 떠들어 대는 이야기를 듣느라 속이 터질 지경이 되어서는 집에 돌아왔다. 그러고는 애꿎은 손녀를 붙들고 틀린 사실을 정정했다. 남들 앞에서 아는 척하지 말라는 충고를 어릴 적부터 들어 왔기 때문이다.

"사람들이 뭐라도 좀 알고 말하든가 해야지. 참 나, 아무것도 모르면서!"

할머니는 언제나 뭔가에 관해 뭐라도 알고 있었다. 세상사에 관심이 많고 책도 많이 읽은 덕분이었다.

"할머니, 운석이 뭐예요?"

"오, 우리 손주가 운석이 뭔지 궁금하구나? 이제야 말이 통하는 사람을 만났네. 운석이란 말이야……"

열정적이고도 친절한 설명이 이어진 끝에, 할머니가 물었다.

"어때, 얘기를 듣고 나니 운석을 직접 보고 싶겠지?"

고개를 끄덕이는 테리의 눈도 할머니처럼 반짝였다. 태양계가 처음 만들어질 때부터 존재해 온 물질을 간직한 돌이라니, 놀랍고 신기했다. 우주 돌멩이는 지구의 돌멩이와 어떻게 다를까?

며칠 뒤, 깊은 밤. 누군가 잠든 테리를 흔들어 깨웠다. 잠이 엉겨 붙은 눈을 억지로 뜨자, 외출복을 갖춰 입은 할머니가 보였다.

"갈 데가 있으니 얼른 일어나서 옷 입으럼. 날씨가 추우니까 양말은 두 켤레를 신고."

할머니는 외투와 목도리, 장갑으로 꽁꽁 싸맨 테리를 데리고 집 밖으로 나갔다. 과연 코끝과 귓바퀴를 에는 칼바람이었으나 밤새 내리다가 그친 눈으로 길은 폭신하고 도톰했다. 두 사람은 옆 동네로 향했다. 왜 하필이면 그토록 추운 밤이었는지, 차도 끊긴 시각에 옆 동네까지 어떻게 갔는지는 기억에서 지워졌다. 그림에서 손가락으로 스윽 문질러 지운 배경처럼.

도착지는 옥수수밭 뒤편에 있는 축사였다. 지붕이 내려앉고 문짝도 달아나서 과연 '있다'라고 말해도 되는지 의심스러운 건물. 옥수수를 수확한 다음이라 휑한 밭과 소도 없는 축사뿐인데 여긴 왜 온 걸까? 테리는 추위에 이를 딱딱 부딪으며 할머니를 올려다보았다.

"저 축사에 운석이 떨어졌단다. 보렴, 지붕에 커다란 구멍이 뚫렸지? 다행히 버려둔 축사라 다친 동물은 없다더구나."

"저 안에 운석이 있는 거예요?"

"운석은 연구소에서 가져갔지."

"그럼 그냥 아무것도 아니잖아요."

테리는 불퉁해져서 투덜거렸다. 정말이지 추워도 너무 추웠다.

"어느 유명한 책에도 나오는 말인데, 눈에 당장 보이지 않는다고 해서 아예 없는 건 아니야. 진짜 운석은 아직 저기에 남아 있는

지도 모르지. 어쩐지 난 그런 생각이 드는구나."

할머니가 어두운 밤이 환히 밝아 보일 만큼 눈을 빛내며 말했다. 항상 별빛 같고 보름날의 달빛 같던 크고 깊은 눈. 테리는 어린 마음에도 우리 할머니가 정신이 사알짝 이상한지도 모르겠다고 판단했지만, 싫거나 겁나지는 않았다. 할머니는 상상력이 풍부한 분이었다.

"운석이 누군가의 우주라고 생각해 보렴. 그 우주가 이곳을 방문했다고 말이야. 정해진 규칙대로 눈에 띄지 않는 구석, 저기 야산 같은 데 착륙하려 했는데…… 아뿔싸! 각도 조절을 잘못하는 바람에 축사에 떨어졌지 뭐니. 건물도 망가뜨리고 동네 사람들 잠도 다 깨우고. 일이 귀찮게 돼 버렸어. 그래서 자기 그림자를 사람들 손에 넘겨서 쫓아 버리고, 알맹이는 제자리에 남아서 기다리는 거지."

"뭘 기다려요?"

"누군가 진짜배기 자신을 발견해 주기를!"

할머니는 점점 더 모를 소리를 했다. 테리는 할머니를 닮아서인지 궁금한 건 또 못 참는 성미여서 지지 않고 질문을 던졌다.

"지구는요, 할머니? 여기도 누군가의 우주인 거예요?"

"그렇지! 내가 하고 싶은 말이 그거야. 역시 할머니 마음은 우리 손녀가 잘 헤아려 준다니까."

칭찬에 으쓱해진 테리는 입가에 어른스러운 미소를 띠었다. 스스로 생각하기에도 적절한 질문이었다.

"들어 보렴. 이곳은 바로……."

할머니는 허리를 굽히더니 테리의 두 눈을 들여다보았다.

"바로 네 우주란다. 넌 이 세상이란 우주의 주인공이야."

어린 테리가 온전히 이해하기는 어려운 말이었다. 어딘가 아득히 멀고도 넓은 곳을 가득 담은 말.

"그렇지만 동시에, 이곳이 우리 모두의 우주이기도 하다는 걸 기억해야 해. 이건 내 개인적인 의견이지만, 지구는 그 모든 존재가 겹치고 스치는 곳이 아닐까 싶구나."

테리는 고개를 젖혀 하늘을 올려다보았다. 하얀 입김에 쩡 하고 깨져서 갈라질 듯 맑고 까만 하늘. 지금 어딘가에서 나처럼 이렇게 하늘을 올려다보는 사람이 있겠지, 생각하자 친숙한 세상이 신비롭게 다가왔다.

"우주는 영원토록 무한한 곳이란다. 공간과 시간에 한계가 없지."

"그럼, 할머니의 우주는 어디 있어요?"

"글쎄다, 언젠가는 알게 되지 않겠니? 난 머지않아 내 우주로 돌아갈 테니까. 거기서는 나도 너처럼 주인공이란다."

할머니는 털장갑 낀 손으로 테리의 볼을 어루만졌다. 얼핏 차갑게 느껴졌지만 그 안쪽은 따뜻했다. 테리는 할머니에게 가지 말라고 말하고 싶었지만, 무슨 이유에서인지 차마 입이 떨어지지 않았다.

"서운해할 거 없어요, 우리 손녀딸. 우주에는 지구처럼 모든 것이 겹치는 지점이 또 있으니까 우리는 거기서 다시 만나게 될 거야."

테리의 열두 살 생일을 며칠 앞두고 할머니는 세상을 떠났다. 갑작스럽고 평화로운 죽음이었다. 테리는 당혹스러운 슬픔이 가시지 않은 상태로 다비드호에서 토끼 선장을 만났다.

"재작년이던가요, 댁에서 그리 멀지 않은 곳에 운석이 떨어졌을 겁니다. 그곳이 바로 초기화 장소입니다."

3

누군가 팔을 건드리는 바람에 테리는 회상에서 빠져나왔다. 그 사람은 겨울 외투로 무장한 할머니……가 아니라, 반팔 티셔츠에 앞치마를 두른 윈터였다.

"눈 감고 계시길래 주무시는 줄 알았어요."

윈터가 테리 앞에 수저를 놓으며 말했다. 탁자에 불고기와 샐러드, 밥과 김치로 저녁밥을 다 차린 참이었다.

"옛 생각을 하느라고 정신이 빠져 있었네. 미안해요."

"무슨 생각을 그렇게 하셨어요? 첫사랑? 옛사랑?"

"그런 건 다 잊었지만 영영 잊히지 않는 사람이 있어서 말이에요."

잠시 망설이다가, 할머니 이야기는 하지 않기로 한다. 할머니 나이가 되고 보니, 어쩌면 하루하루 삶 속에서 그리운 할머니와 만나고 있는지도 모르겠다는 생각이 들었다. 이번 생의 끝에서는 무엇이 기다릴까. 나도 할머니처럼 끝을 볼 수는 있을지.

테리와 윈터는 마주 앉아서 저녁밥을 먹기 시작했다.

"참, 테리. 어제 좀비 영화를 보다 잠들어서 그런가, 이상한 꿈을 꿨어요."

"무슨 꿈이었는데요?"

"온 세상에 병이 돌아서 사람들이 죄다 전염된 거예요. 가게도 회사도 문을 닫고, 사람들은 어디론가 떠나요. 잘은 모르겠지만 좀 더 밝은 곳으로요."

"밝은 곳이라……."

"다들 이 세상이 멸망해 버렸다고 생각해요. 우리가 알던 세계는 끝장났다, 다시는 예전으로 돌아가지 못한다고요."

"그 사람들, 불행해 보이던가요?"

"아뇨, 전혀요. 얼굴을 찌푸리거나 슬퍼하는 사람은 없었어요."

"왜일까요? 세상이 멸망해 버렸는데."

"중요한 건 살아 있다는 사실 그 자체라서가 아닐까요?"

"하긴 그렇겠어요. 다들 거기서부터 다시 시작하자고 마음을 다잡았나 보네요."

테리는 옥수수밭에서 할머니가 해 주었던 이야기를 불현듯 떠올렸다.

'다른 사람과 맺는 관계도 어찌 보면 우주와 같단다. 누군가를 알게 되어 가까워질 때 둘 사이에 새 우주가 생겨나. 별 두 개뿐인 우주여도 무한히 넓고 큰 시공간이지.'

설원에서 만난 여름이, 그 아이가 이번에도 태어났을지 테리는 궁금했다. 태어났다면 이 우주의 주인공은 누구일까. 여름이는 이번에도 초기화를 할까? 만약 내가 주인공이라면 나는 어떤 선택을 하게 될까.

"저기, 윈터. 부탁이 있는데 말이에요."

"부탁이요? 네, 말씀하세요."

"앞으로 한두 달쯤 가게를 맡아 줄래요? 메뉴도 줄이고, 단체 주문도 닫아 두고, 하루 장사는 윈터 힘닿는 데까지만 하고요."

"어, 그게, 제가 할 수 있을까요?"

"하는 데까지만 하면 되는 거니까요. 어때요, 괜찮겠어요?"

"한번 해 보고는 싶은데……. 어디 편찮으신 건 아니죠?"

"그럴 리가. 이래 봬도 근육질 통뼈예요. 어디 좀 다녀올 데가 있어서 그래요. 혼자서 일을 도맡는 셈이니까 보수도 거기에 맞게 조정할게요."

"어딘데요, 테리? 그렇게 오랫동안 어디를 가시는데요?"

"글쎄요, 눈이 많은 곳이라고 해 둘게요."

"와, 해외여행 가시는 거예요? 지금 눈이 내리는 곳이면 우리랑 계절이 반대니까⋯⋯."

윈터가 휴대폰을 꺼내 지도를 뒤적이는 사이, 테리는 이번 달 다꾸의 주제를 정했다. 포슬포슬한 눈이 쌓인 들판, 눈이 시리도록 새하얀 설원으로 꾸며 보리라!

테리가 기억하지 못하는 이야기

1

평일 오후, 공항의 대기실은 한산했다. 의자에 앉아 소설책을 읽던 테리는 전광판을 확인했다. 설원이 있는 지역으로 가는 비행기는 아직 탑승 수속을 시작하지 않았다. 책으로 돌아가려던 시선이 옆을 향했다. 어떤 사람이 들고 가는 음료 때문이다. '우주 카페'라 쓰인 투명한 컵에 담긴 당근 주스.

무언가 생각나려 했다. 테리는 당근 주스를 바라보며 정신을 집중했다. 어느 생에선가, 당근과 관련된 뭔가를 우주 카페에서 보았다는 기억이 뇌세포를 간질이고는 그만이었다.

3번 게이트에서 탑승을 시작한다는 안내가 전광판에 뜨자, 테리는 체념했다는 듯 책을 덮고 자리에서 일어났다.

2

이것은 테리가 기억하지 못하는 이야기다. 초기화를 하지 않겠다는 결심을 최초로 했던 삶, 그때 있었던 일 말이다.

12월 중순의 저녁, 붐비는 거리는 캐럴처럼 들뜬 느낌이었다. 겨울 외투를 입은 테리가 몇몇 사람들과 어울려 길을 걸어간다. 사내의 필라테스 동호회에서 신입 회원 환영회를 마치고 후식을 먹으러 나온 참이었다. 저녁은 휴게실에 모여 앉아 신규 출시를 앞둔 도시락으로 해결했다. 다름 아닌 도시락 회사라서.

"우주 카페로 가요. 새로 생긴 덴데 웬만한 건 다 맛있더라."

"새로 생겼는데 웬만한 걸 벌써 다 먹어 본 거예요?"

테리는 친한 동료에게 농담을 던지며 우주 카페로 들어갔다. 음료와 쿠키를 먹으며 이야기를 나누다 보니 어느새 한 시간이 훌쩍 지났다.

"그럼 다음 모임에서 또 만나기로 하고 이만 끝낼까요?"

"다음엔 운동실로 곧장 오시면 됩니다!"

계산은 회비를 관리하는 테리가 맡았다. 영수증을 쥔 손으로 유리문을 밀고 나가려는 순간, 사방이 깜깜해졌다. 길거리의 크리스마스트리에서 반짝거리던 꼬마전구도 꺼졌다. 정전인가? 그때, 정면에 둥근 창문이 떠오르더니 푸른 지구가 아른거렸다. 테리는 화들짝 놀라 문을 닫고 한 발짝 물러섰다.

유리문은 어느새 낡은 나무 문으로 바뀌었고, 뒤를 돌아보니 어두워진 카페에는 아무도 없었다. 그제야 출입문 앞에 깔린 매트가 눈에 들어왔다. '어서 오십시오. 코스모스 그룹'이라고 새겨진 문구가 어둠 속에서 빛났다. 들어올 때 이걸 못 봤다니.

찾지도 않은 코스모스 그룹이 제 발로 나타난 것이다. 열두 살 때 다비드호를 방문하고 나면 할 일을 끝냈다는 듯 폐쇄되거나 허물리던 곳인데, 난데없이 회사 근처에 등장하다니!

테리는 망설이다가 문을 빼꼼 열었다. 문틈으로 보이는 둥근 창문과 푸른 지구. 문 너머는 다비드호가 확실했으나 이번엔 실내 장식이 좀 독특하다. 문과 가까운 앞쪽부터 박물관처럼 전시품이 늘어서 있고, 저쪽 끝은 아무래도 칵테일 바 같다.

이렇게 된 이상, 원래 있던 곳으로 돌아가려면 다비드호의 토끼 선장에게 길 안내를 받는 수밖에 없다. 테리는 입맛을 쓰게 쩝, 다시고는 문을 활짝 열었다.

저 끝의 칵테일 바에 바텐더가 있다. 사람 몸에 토끼 머리를 한 토끼 선장. 오늘은 소매를 걷은 흰색 셔츠에 칼라 달린 검은색 조끼를 걸친 바텐더 복장이다. 두 팔을 쳐들고 열정적인 몸짓으로 셰이커를 흔드는 검정 토끼 홀로그램. 칵테일 제조에 얼마나 열심인지 '셰킷셰킷!'이라는 효과음을 자체 발산하는 듯했다.

"나가는 방법은 이따가 알려 드릴 테니 이리 와서 앉으시죠."

토끼 선장의 말에 테리는 어깨를 으쓱하고는 토끼 선장이 서 있는 바를 향해 걸어갔다.

양쪽으로 줄지어 선 받침대에 올라선 여러 동물 선장의 인형들. 비둘기, 토끼, 반달가슴곰, 꿀벌…… 역시 사람 몸에 동물 머리였다. 이것이었군, 문틈으로 엿본 전시품들이. 박물관의 중요 소장품처럼 유리 케이스까지 설치해 놨다. 고이도 모셔 놨네. 여기를 또 누가 들어온다고. 테리는 기분 내키는 대로 투덜거렸다.

동물 인형들 사이를 지나자 바가 나왔다. 원형 창문의 좌우로 벽에 꽉 차도록 짜 넣은 선반에는 술, 주스와 같은 칵테일 재료가 즐비했다. 창문 앞에 선 토끼 선장은 셰이커를 흔드는 자신에게 한껏 심취한 상태였고.

테리는 좁고 긴 나무 바 앞의 두 의자 중 하나를 차지하고 앉아 천장을 올려다보았다. 10센티미터쯤 되는 두께의 납작한 당근 조명이 설치되어 있다. 주홍색 몸통과 연둣빛 잎사귀로 이루어진 대형 당근에서 은은한 불빛이 번져 나온다. 바의 전반적 색조인 보라색과 잘 어울렸다. 테두리가 빛나는 별 홀로그램이 당근 전등의 주변을 공전하고 있었다.

"이 우주 당근 바는 뭐죠? 코스모스 그룹이 외식 사업이라도 시작했나요?"

"처음부터 있던 곳인데 예전엔 나이 제한 때문에 여기로 못 모신 겁니다."

"흠, 그래요? 아무튼 이렇게 불쑥 나타나고 그러면 곤란해요. 나도 내 생활이 있다고요."

"토끼를 따라 건물 안을 헤매고 다니는 과정은 생략해 드리지 않았습니까. 대폭 간소화된 절차로 찾아뵌 셈이지요."

참으로 고맙기도 하지. 코웃음 치고는 코트를 벗는데 닉네임을 적은 이름표가 스웨터에서 흔들린다. 테리. 신입 회원이 들어오는 날이면 자기소개용으로 다는 것이다.

토끼 선장이 조끼의 가슴 쪽 주머니를 두드리자 'Mr. Shake It!'이라는 이름표가 생겼다. 그러더니 선반 한편에 세워 둔 액자를 가리킨다. 어제 발급된 따끈따끈한 조주사 자격증으로, 거기에 적힌 이름이 미스터 셰킷. 자격증이 진짜인지 가짜인지 알아낼 방도는 없다.

"내가 찾을 때는 감감무소식이더니 자격증 따느라 바쁘셨나 봐요, 셰킷 씨? 오늘은 찾지도 않았는데 웬 깜짝 등장인가 모르겠네요."

"아무래도 초기화가 점점 늦어지시는 거 같아서 말입니다. 최장 기록을 또 갱신하셨더군요?"

"사느라 바빠서 그렇죠. 그런데 뭐, 상관없잖아요? 언제 하든 어차피 내 마음인데."

테리는 도시락 회사의 메뉴 개발팀 팀장으로 일하며 분주한 나날을 보내고 있었다. 회사나 거래처에서 빌런이 튀어나와 때때로 초기화 충동을 자극했지만, 도시락 메뉴를 개발하는 재미가 그 울컥하는 울분을 제법 효과적으로 억눌러 주었다. 최장 기록이라, 그렇게 되었군. 스물을 넘기지 못하고 초기화할 때가 부지기수였 건만 어느 생부터인가 서른을 넘기더니 이번에는 새치 염색이 필 요한 중년에까지 이르렀다. 이러다가 예순도 되고 호호백발 일흔 도 되겠네, 하는 생각마저 들었다.

"물론 그건 그렇습니다만. 어떠세요, 한잔하시겠습니까?"

"미안하지만 체질상 술은 한 방울도 못 마셔요."

"술은 한 방울도 안 들어간 칵테일도 많답니다."

초보 바텐더 미스터 셰킷이 손님 취향은 묻지도 않고 셰이커를 셰킷셰킷! 영혼을 다한 칵테일 완성. 초기화 때마다 하늘을 뒤덮 는 구름과 똑 닮은 연둣빛의 홀로그램 칵테일. 테리 앞에 놓인 칵 테일은 위쪽부터 서서히 실물로 변했다.

"어? 홀로그램이 아니네?"

유리잔을 손가락 끝으로 건드려 보는 테리에게, 미스터 셰킷이 눈을 찡긋하고는 말했다.

"매직이죠, 매직."

테리는 매직 칵테일을 마셨다. 두 모금, 세 모금. 음, 맛있는데? 맛있는 것을 좋아하는 테리였다.

"이거 무알코올 맞아요? 왠지 취하는 느낌인데."

"분위기에 취하는 거겠죠. 이 병을 보십시오, 그냥 탄산수……

아차차, 실수했다!”

미스터 셰킷이 병을 들고 화들짝 놀라는 척했다. 정말 그냥 탄산수임을 확인한 테리는 속는 척도 해 주지 않았다.

“셰킷 씨, 발상은 진부하고 연기는 형편없네요.”

“욕은 한마디도 없는데 어쩐지 욕을 먹은 기분인걸요. 한잔 더 하시죠?”

칵테일이 많이 남았는데도 미스터 셰킷은 블루베리 주스를 넣은 보라색 칵테일을 또 만들었다. 두 번째 작품도 맛있는 것을 보니, 가짜 자격증은 아닌 모양이다.

“그래서 테리 씨, 이번엔 초기화를 안 하실 작정인가요?”

“아직 모르죠. 왜 자꾸 그러는데요? 내가 초기화를 할 때마다 셰킷 씨한테 수수료라도 떨어지나요?”

미스터 셰킷이 은근히 초기화를 부추기는 느낌이 들어서 뱉은 말이다. 회사에서 부당한 대우를 받으면 테리는 이처럼 열띤 표정으로 항의했다. 초기화 운석을 밟듯이 두 발로 바닥을 꾹 딛고 서서. 회사 사람들은 고기 잔치 도시락과 비건용 파릇파릇 도시락을 기획한 개발팀의 팀장이 초기화 도시락이라는 메뉴를 숨겨 둔 줄은 꿈에도 모를 것이다.

“수수료라니 무슨 그런 말씀을! 초기화가 테리 씨의 권한임을 일깨워 드렸을 뿐입니다. 테리 씨는 이 우주의 주인공이니까요.”

주인공이란 말은 들을 때마다 낯이 뜨거워진다. 테리는 취한 듯

붉어진 얼굴을 식히려고 칵테일을 삼켰다.

"내가 초기화를 안 하면 어떻게 되는 거죠?"

"하시게 될 겁니다. 말씀드렸다시피 초기화는 테리 씨의 권한이니까요."

"하게 될 거라고요? 정말 그럴까요? 내 권한을 언제 어떻게 쓸지는 내가 결정해요. 말씀하셨다시피 이 우주의 주인공은 바로 나니까요!"

발끈한 테리는 연둣빛 칵테일을 단숨에 들이켜고 유리잔을 탁, 소리가 나도록 내려놓았다.

테리의 질문에 모호한 대답만 한 미스터 셰킷, 토끼 선장은 뜻 모를 묘한 웃음을 지었다.

다비드호의 우주 당근 바에서 토끼 선장을 만난 뒤로, 테리는 예전 같았으면 초기화를 하고도 남았을 위기도 오기와 끈기로 넘겼다. 매사에 깐족거리는 상사가 새 차를 뽑았다고 자랑하며 애꿎은 테리를 깔보았을 때는 참다못해 설원으로 달려가기도 했다. 그 잘난 차를 타고 다니며 거들먹거리게 놔둘쏘냐, 하고 이를 갈면서. 운석 앞에 서서 시원한 바람에 분노를 식히고 나니, 밉살스럽기로는 잘난척쟁이 상사보다 토끼 선장이 더하다는 생각이 들었다. 내가 초기화를 하게 될 거라고? 운석을 밟으면 토끼 선장이 옳다고 도장을 쾅 찍어 주는 셈이었다. 그렇게는 안 되지. 내 인생은 내가 결정한다고!

몇 년이 흘러 회사에서 쓸 인내심이 바닥났을 때, 운석을 밟는 것 말고도 인생을 초기화하는 방법이 떠올랐다. 좋아하는 일을 다른 곳에서 다른 방법으로 다시 시작하면 되지 않을까? 테리는 회사를 그만두고 오래된 동네에 작은 도시락 가게를 열었다. 얼마 지나지 않아 테리의 불고기 도시락은 동네의 명물로 자리 잡았다. 그리고 도시락 가게의 솜씨 좋은 주인으로 오랫동안 지낸 테리는 깔끔하게 나이 든 할머니가 되었다.

루마니아어 동호회에서 용연으로 소풍을 떠난 어느 여름날, 그날이 강제 초기화의 시작이었다. 이번 생은 꽤 괜찮았다고 흐뭇해하며 연못 풍경을 즐기던 중에 초기화가 닥친 것이다.

"이번에는 정말 끝까지 가 보려 했는데!"

한 점으로 응축되는 보라색 하늘을 보며 테리가 외친 마지막 말이었다.

3

비행기가 목적지에 도착했다. 여행 가방을 끌고 공항을 빠져나온 테리는 후치령으로 가는 버스에 올랐다. 이번만큼은 끝까지 가보리라, 다짐하면서.

여름

우리는 달의 뒷면처럼

1

"우리 집 보고 놀라지 마."

설아가 현관문의 잠금장치에 비밀번호를 입력하면서 말했다.

"응? 왜?"

비밀번호를 보지 않으려고 휴대폰을 만지작거리던 나는 고개를 들고 물었다.

이동장 안에서 겨자가 등과 가슴을 부풀리며 숨을 들이마셨다가 내쉬었다. 사흘 만에 퇴원한 참이었다. 수혈이 무사히 끝난 덕분에 각종 수치는 웬만큼 안정되었지만 폐에 찬 물이 다 빠지지 않아서 호흡이 가빴고, 식욕도 시원찮았다. 재검은 일주일 뒤.

"우리 집 보면 다들 좀 놀라거든. 너도 그럴까 싶어서……."

놀랄 일이 뭐가 있다고, 생각하는데 현관문이 열렸다.

산처럼 쌓인 쓰레기, 코를 후려치는 악취, 술병 탑 옆에 코를 골며 널브러진 아저씨나 아줌마, 전등갓에 수북한 날벌레 시체와 금 간 유리창……과 같은 풍경을 각오한 나는 생각과 달리 흠칫 놀라고 말았다.

섬뜩할 만큼 깨끗한 집이었다.

안 그래도 큰 집이 고도의 정돈 기술과 청결 상태에 힘입어 축구장처럼 드넓어 보였다. 맞은편 방에서 축구팀이 쏟아져 나와도 전반전, 후반전에 연장전까지 거뜬할 듯했다. 바깥에 나와 있는 자잘한 물건이라고는 소파와 색을 맞춘 쿠션, 벽걸이 텔레비전의 리모컨 정도였다. 거실과 이어진 부엌의 식탁 위에도 관리비 고지서나 뚜껑이 비뚤름하게 닫힌 토스터, 도시락 김 따위는 없이 전등 불빛만 은은했다. 우리 집의 경우, 내가 유치원생 때 박물관에 견학 갔다가 기념품으로 받아 온 손톱깎이 세트부터 각종 충전기와 영양제까지 식탁에 옹기종기 모여 산다.

"되게 유난스럽지?"

설아가 남의 집 얘기하듯 말했다.

"아니 뭐, 깔끔하면 좋잖아."

예의범절을 지키자. 손님이니까.

"보기는 좋을지 몰라도 살기에는 나빠. 아무런 흔적도 남기면 안 되거든. 미안한데 이것 좀."

설아가 멋쩍어하면서도 실내용 슬리퍼를 권했다. 나는 얼른 슬리퍼를 꿰어 신었다. 얼굴이 비치도록 반들거리는 크림색 인조 대리석에 검은색 양말의 보풀을 떨어뜨리는 짓은 금지.

"겨자 털색이 연해서 다행이야. 바닥에 떨어져도 티가 잘 안 나."

설아는 웬일로 고양이를 키워도 된다고 해서 뛸 듯이 기뻤는데 짙은 색 털은 또 안 된다고 해서 어리둥절했었다는 이야기를 들려주었다. 거실을 지나자 나온 방문에는 별 모양의 장식품이 달려 있다. 별 안쪽에서 불빛이 새어 나와 테두리가 은은하게 빛났다.

"알고 보니까 털색이 진하면 카메라에 잡힐까 봐 그런 거였어. 고양이 털, 여기저기 떨어지고 붙고 그러잖아. 우리 엄마랑 아빠가 호텔 느낌으로 집 꾸미기, 그런 걸로 유튜브를 하거든. 겨자도 예쁜 집에 필요한 소품이었던 거지."

방문을 열자 긴장이 풀렸다. 설아 방은 좀 사람 사는 데 같았다. 서랍장마다 삐져나온 옷가지로도 모자라 등받이에 옷을 껴입어서 뒤로 넘어갈 지경인 의자, 책상과 책장에 쌓인 잡동사니, 발에 차이는 택배 상자, 슬리퍼 밑창에 밟히는 모래알까지. 방과 연결된 발코니에 고양이 화장실이 보였다. 침대 아래쪽에는 밥그릇과 물그릇도 있었고. 머쓱이와 지낼 때 내 방도 딱 이런 상태에 구조였던 거 같은데.

"겨자는 이 방에서만 지내는 거야?"

"그건 아닌데, 엄마랑 아빠 퇴근해서 집에 오면 여기서 안 나가. 나도 그렇고. 서로 그다지 친하지가 않거든."

이동장을 바닥에 놓고 문을 열자 겨자가 슬금슬금 포복 자세로 나왔다. 커다래진 눈으로 사방을 두리번거리더니 제 방이라는 걸 알고는 침대 밑으로 쏙 들어간다. 사흘 동안 낯선 곳에서 주사도 여러 대 맞고 초음파 본다고 배털까지 밀렸으니 심통이 날 만도 하다. 섬세하고 예민한 고양이에게는 익숙하고 구석진 곳에서 보내는 자기만의 시간이 필요하다.

설아는 새 그릇에 사료와 물을 채워 주고는 침대에 앉았다. 나도 그 옆에 자리를 잡았다. 창문으로 비쳐 드는 햇빛마저 팽팽하게 다림질한 바깥은 위험했다. 잘 꾸며진 촬영장 같은 곳을 어지럽힐까 봐 부담스러웠다. 적당히 지저분한 이곳은 설아와 겨자의 공간. 나도 마음이 편해진다.

"저기, 있잖아. 우리 집만 이렇고 난 안 그래. 그러니까 내 말은, 돈 있는데도 너한테 빌렸다고 오해할까 봐서."

설아가 어렵사리 꺼낸 말을 이어 갔다.

"우리 부모님은 겨자 병원비, 안 내 줬을 거야. 겨자는 포기하고 새 고양이를 데려오자고 그랬을 거야. 귀엽고 하얀 새끼 고양이로."

나는 긍정도 부정도 하지 않고 듣기만 했다.

"이 집에 돈이 엄청 많이 들어간대. 우리 집이 아니고 은행 집이라나 뭐라나. 대출금이랑 이자 갚는 날은 한 달만 더 봐 달라고 조공 바치는 날이고."

웃어야 할지 울어야 할지 몰라 무표정을 고수했다. 대출금의 압박이라면 나도 알 만큼은 안다. 3개월 전, 우리 집은 족발 체인점을 냈다. 가게 보증금에 인테리어 비용에 기타 등등을 계산해 봤더니 아빠의 퇴직금과 엄마의 저축으로는 어림도 없어서, 대출을 받았다.

"우리 엄마랑 아빠는 자기들이 좋은 부모님이라고 착각하고 있는 거 같아. 고양이 키우게 해 주고 비싼 학원 보내 주니까. 난 겨자도 다 같이 힘을 합해서 키우고 싶고 학원 같은 건 안 다녀도 되는데……."

너무 아픈 고양이와 너무 깨끗한 집을 자발적으로 들켰으니 이제 더는 아무것도 숨길 도리가 없다는 식으로, 설아는 담담한 고백을 계속했다.

요즘 들어 다툼이 잦은 부모님이 떠올랐다. 오빠한테 시끄러운 좀비 영화라도 몇 편 추천해 달라고 해야 하나. 내 최애곡을 귓구멍 막는 용도로 낭비한다면 음악에 대한 예의가 아니니까. 사이 나쁜 부모님을 둔 생이 얼마나 있었던가, 빈약한 기억 창고를 뒤졌다. 어떤 생에서는 엄마가 갓 지어 앗 뜨거운 흑미밥을 퍼서 아빠 뺨에 던졌고, 또 언젠가는 이혼에까지 이르렀었지……. 부모란 자식에게 골칫거리인 법이다.

166

"아, 맞아! 어떡하지!"

"왜, 왜 그러는데!"

갑자기 설아가 소리치는 바람에 나도 놀라서 외쳤다.

"나 내일부터 학원 가야 돼! 한 시부터 여섯 시까지!"

그럼 겨자는 어떡하고? 병원에서는 혹시 모르니 고양이 옆을 지키라고, 밥과 약을 제때 먹이라고 당부했다.

"다섯 시간이나 혼자 있는 건데 겨자, 괜찮을까? 안 되겠지?"

학원을 안 가면 해결될 일이었지만 실현 불가능. 겨자 때문에 학원을 빠지겠다고 하면 설아 부모님이 겨자를 내다 버릴지도 몰랐다. 이 집에 온 지 이십 분 만에 나도 그런 의심을 품게 되었는데, 이 집에서 1년 365일을 지내는 설아는 말할 것도 없겠지.

"이건 어때? 너 학원 가 있는 동안 내가 겨자를 돌봐 주는 거야. 겨자가 괜찮아질 때까지."

절망한 타조처럼 무릎에 머리를 묻은 설아에게 제안했다. 조기 방학을 맞이하여 다니던 학원도 그만뒀으니 시간이라면 남아돌았다. 족발 가게에 에어컨을 한 대 더 들여놔야 해서 돈이 구멍 났고, 난 그 구멍을 나의 자유로운 방학 생활로 메우겠다고 선언했다. 아빠는 노골적으로 기뻐했으며 엄마는 쯧, 하고 혀만 찼다. 안 된다는 말은 아무도 못했으니 그것으로 결정 끝, 학원도 끝. 오빠는 한글과 구구단과 알파벳을 떼자마자 일생일대의 과업을 달성했다는 듯 공부와는 수원 화성을 쌓은 몸이라 이미 자유로운 영혼이었고. 저 녀석이 저렇게 좀비 영화만 보다가 귀먹은 좀비나 안 되면 다행이지, 하고 부모님도 계산을 마친 듯했다.

"저, 정말? 그렇게 해 주면 난 너무 좋긴 한데…… 맨날 우리 집에 오려면 너무 힘들지 않을까?"

"우리 집에서 봐 주면 되지. 학원 갈 때 겨자를 우리 집에 맡겼다가 학원 끝나면 데려가. 나 요 옆에 개나리 아파트 사니까 너희 집에서 금방이야."

"할머니가 손주 봐 주는 것처럼 그렇게 하자는 거지?"

뭔가 익숙한 시스템이다 싶었는데 그거였네, 손주 봐 주기. 출근할 때 할머니네 집에 아이를 데려다 주고, 퇴근할 때 데려가고. 그러면 내가 겨자의 할머니가 되는 셈인가? 고양이 수명을 고려했을 때 내 나이면 고고고고조할머니쯤 되겠지.

"고양이 데려왔다고 너희 부모님이 싫어하시면 어떡해?"

"요즘 정신없어서 모를 거야. 우리 집에 불곰 가족이 들어와 살아도 눈치 못 챌걸? 고양이 한 마리쯤은 티도 안 나."

"너 혼자 하려면 힘들 텐데. 겨자, 보기보다 까다롭거든. 입도 짧고."

겨자가 까다롭고 입이 짧아? 그건 머쓱이하고 다르네. 머쓱이는 매사에 무던했고 아팠을 때만 빼면 뭐든 없어서 못 먹었는데. 그러나 생마다 변화와 차이는 있게 마련이었다. 가을 오빠만 해도 이번에는 언니가 아니라 오빠니까 말 다 했다. 나보다는 겨자가 왔다 갔다 하며 스트레스를 받지 않을까 걱정됐지만, 빈집에 혼자 있는 것보다는 나을 듯했다.

"괜찮아. 나도 고양이 키워 봐서 웬만큼은 할 수 있어."

"고양이를? 언제?"

"음, 언젠가 옛날에. 우리 오빠도 동물 좋아하니까 도와줄 거고."

"여름아, 나한테 왜 이렇게까지 해 주는 거야? 정말 너무 고마워서……."

설아가 코를 흡 들이마시더니 떨리는 목소리로 말했다.

왜 이렇게까지 하느냐면, 겨자는 머쓱이니까. 머쓱이는 진심으로 구하고 싶었던 내 고양이, 설아 너의 고양이로 살아난 내 친구니까. 나는 머쓱이나 겨자나, 얘가 개고 내 고양이 설아 고양이 둘이 합쳐 우리 고양이라고 이미 혼자 마음을 굳혔다.

머쓱이, 그러니까 겨자가 우리 집에 온다고 생각하니 가슴이 두근거렸다. 겨자야, 세계 고양이의 날에 태어난 열다섯 살 할머니네 집에서 얼른 낫자!

2

설아 방처럼, 예전 생처럼, 침대 아래쪽에 물그릇과 밥그릇을

놓고 방과 통하는 발코니에 화장실을 놔두었다. 이동장에서 나온 겨자는 주변을 둘러보더니 제 방이 아니란 걸 알고 침대 밑으로 직행. 이래도 저래도 침대 밑이구나, 너는.

뭐라도 먹어야 할 텐데 싶어서 일단 사료를 밀어 넣었다. 어디 무례하게 밥부터 들이미느냐며 하악, 하는 소리가 돌아왔다. 아파서 더 그렇겠지만 요 녀석, 이번에는 진짜 성질 좀 있네. 콧잔등에 주름을 잡고 송곳니를 드러내며 성질을 부리는 모습이 무섭도록 귀여웠다. 그리고 기특했다. 살아 줘서, 화낼 기운을 회복해 줘서 고마웠다.

겨자는 내 기억 속 머쓱이와 같으면서도 달랐다. 머쓱이처럼 보랏빛이 도는 호박색 눈에 배의 노란 점과 구부러진 꼬리까지 사진으로 찍은 듯 빼닮은 외모에다가 앵앵거리는 울음소리, 오른쪽 발을 핥을 때 왼쪽 눈을 찌푸리는 사소한 버릇까지 똑같은 한편, 머쓱이보다 예민하고 입도 짧고 전반적으로 새초롬했다. 머쓱이가 고봉밥을 퍼먹는 머슴이라면 겨자는 젓가락으로 고기반찬을 뒤적이는 도련님쯤? 어리광쟁이 막내까지는 아니라도 자기 세계가 확실한 둘째 정도는 될 것 같다.

이제부터 겨자를 새롭게 알아 갈 작정이었다. 가을 오빠를 상대로 몇 년 동안이나 적응 훈련 중이듯이.

"중요한 건 우리가 다시 만났다는 거고, 네가 살아 있다는 거야. 그렇지, 겨자야?"

170

옆으로 드러누운 겨자는 누추한 곳으로 피신한 처지와는 달리 꽤 안정되어 보였다. 겨자처럼 소심한 고양이가 낯선 곳에서 저렇게 맘 편히 뻗어 있기도 어려운데, 여기가 낯설지 않은 걸까? 이곳이 머쓱이랑 살던 그 집이 맞는지는 몰라도 어쨌든 내 방은 머쓱이 본부였으니까.

나는 바닥에 엎드린 채 한 손을 침대 밑으로 넣어 길게 뻗었다. 죽을 고비를 넘어 돌아온 고양이의 온기와 숨소리가 손끝에 와 닿았다. 거실을 거쳐 방으로 스며든 햇볕이 종아리와 발목에 내려앉는다. 깜빡 잠이 드나 싶었을 때 겨자가 목을 골골 울렸다. 꿈이었을까.

그렇게 바닥에 누워 뒹굴뒹굴 고양이 손자를 돌보다 보니 고양이 엄마가 왔다. 학원 끝나자마자 뛰어왔는지 숨을 헐떡인다. 천천히 와도 될 텐데 성실하기는.

"겨자는 계속 침대 밑에 있었어. 화장실 한 번 갔다 오고 물은 두 번 먹고, 밥은 안 먹었어."

할머니가 엄마에게 손주 돌보기 보고서를 제출한다.

"화장실에 갔다고? 물도 마시고? 와, 겨자 웬일이지."

"고양이들은 다 하는 일인데 왜?"

"아니, 신기해서. 우리 집 인테리어 공사하느라고 고양이 호텔에 겨자 맡긴 적 있거든? 그때는 아무것도 안 하고 세상 무너진 표정만 지었는데 지금은 느긋하잖아. 너희 집이 맘에 드나 봐."

"그런가? 눌러앉을 생각인가?"

"그건 안 되는데."

우리는 고양이가 골골거리듯 킥킥댔다. 그러고는 오빠 방에서 발굴해 온 과자를 침대에 기대앉아 나눠 먹었다. 커다란 고양이 처럼 아사삭 소리를 내면서, 부스러기를 방바닥에 흘리면서.

"근데 나 있잖아, 여름아. 널 어디선가 만났던 거 같아. 학기 초에 너 처음 보고서 얼핏 그런 생각을 했는데 지금 그 생각이 다시 떠올랐어."

"그, 그래? 너 초등학교 어디 나왔는데? 같은 학원 다녔었나?"

"그런 거 말고 뭐라고 해야 하지? 아, 뭐라고 설명을 못 하겠 네."

설아가 무슨 말을 하고 싶은지, 얼마나 기묘한 기분일지 알 듯 했다. 퇴화해서 사라졌다는 꼬리가 간지러운 느낌이겠지. 공원에 서 머스터드란 이름표를 붙인 고양이와 만났던 일을 설아는 몇 년 전이라고 기억하는 모양인데, 내 생각은 다르다. 아마도 다른 생에서 만난 머쓱이를 기억하는 거 아닐까. 그건 머쓱이 옆에 있 던 나를 기억하는 것이나 마찬가지다. 깊은 바다나 산에 떨어져 아무도 찾지 못하는 운석처럼, 다른 생의 나도 떠오르지 않는 기 억 속으로 사라진 줄로만 알았다. 그런데 작은 조각이나마 기억 해 주는 사람이 내 옆에 있다니.

"어쩌면 다른 생에서 너랑 나랑 만났을지도 모르지, 뭐."

한 번은 공원에서, 같은 학교나 같은 반으로도 몇 번쯤 더.

"다른 생? 전생 말하는 거야?"

설아가 물었다.

"그렇다기보다는, 다른 버전. 파일을 다른 이름으로 여러 번 저장하는 거 생각해 봐. 저장할 때마다 버전이 달라지잖아."

국어수행평가_최종, 국어수행평가_진짜최종, 국어수행평가_진짜최종01…… 내 노트북의 '학교' 폴더에 가득한 파일처럼. 내 인생의 파일명은 지금쯤 어떻게 되어 있을까. 이번에도_다시시작_또시작_또또또시작_또또또또또시작117……? 하아, 관두자.

"나 다른 버전에선 어땠어? 지어 낼 시간 10초 줄 테니까 말해 봐."

역시 설아는 내 말을 농담이나 장난으로 받아들였다. 하지만 그렇게라도 이런 얘기를 해 본 상대는 지금 내 방의 설아뿐이다. 나는 좋아, 하고 대답하고는 바닥에 드러누웠다. 눈을 감고 민설아란 서랍 속에 담긴 기억을 한 지점으로 불러 모았다. 조각난 이미지와 소리와 빛깔을 오므린 손안의 물처럼 눈꺼풀 밑에 가둔다. 벼락치기로 외운 수학 공식을 시험 문제에 적용하는 일만큼이나 어려웠다. 어떻게든 답을 짜내 보자.

"설아 넌 항상 조용한 편이었는데 한 번은 예외였어. 우리 반 인싸였거든. 친구도 많고 춤도 잘 추고. 반 애들 3분의 2는 너랑 인친, 페친이었을걸."

"내가 인싸였다고? 으아, 스토리가 엉성하잖아. 어쩐지 너, 10초 다 안 쓰고 말하더라."

실눈을 뜨고 살피니, 설아는 손을 내저으면서도 기분 나쁜 상상은 아니라는 듯 웃고 있었다. 나도 웃자고 한 소리라는 듯 웃었다. 그런데 난 그랬다. 내가 어렴풋이 기억하는 인기쟁이 설아보다는 우리 집 내 방에 있는, 눈물 많고 겁 많고 웃음도 많은 설아가 좋다. 좋다는 말에 꽂혀서 오해는 마시길, 저 설아와 이 설아를 비교했을 때 이쪽이 낫다는 뜻이니까. 나랑 얘 사이에 보도블록 틈새의 잡초처럼 쑤욱쑥 우정이 자라나고, 겨자는 아픈 고양이인 척하는 우정의 천사고, 그런 일은 벌어지지 않는다.

"여름이 넌 어땠어? 다른 버전에서 어떤 사람이었어?"

"나? 난, 세상을 자꾸 멸망시켰어. 사실 그건 멸망이 아니라 시작이었지만. 새로운 시작 말이야."

모든 것을 털어놓고 싶다는 충동이 가려움증이나 딸꾹질처럼 저 깊은 곳에서부터 치밀어 올랐다. 하지만 0의 제왕에게는 그 어깨에만 짐 지워진 철칙이 있나니, 네 고독을 감히 다른 사람과 나누려 하지 말지어다. 내가 말해 봤자 설아는 이해하지 못할 것이다. 낯선 외국어처럼 소리는 들리는데 의미는 파악하지 못하겠지. 그걸 어떻게 아느냐면, 그냥 안다. 태어나자마자 네 다리로 땅을 짚고 일어서는 망아지처럼, 허물을 벗자마자 젖은 날개를 말리는 사마귀처럼, 내 안에 간직된 본능으로 안다.

"끝은 시작과 맞닿아 있다, 그런 얘기야? 그럼, 이번에도 멸망시킬 거야?"

"모르겠어. 아직 고민 중인데 왜? 이번에도 멸망시켜 볼까?"

이렇게 된 거, 최대한 능청스럽게 굴어야겠다. 본심과 허풍과 짐작과 확신을 나만 아는 비율로 뒤섞어서.

"나 할머니 되기 전에 세상이 끝나 버리면 안 되는데. 할머니 될 때까지 사는 게 소원이거든."

"무슨 소원이 그래? 너도 혹시 어디 아픈 거야?"

내 말에 설아가 키득거렸다. 뭐야, 난 또 진짜인 줄. 겨자가 침대 프레임 쪽으로 다가와서 코를 킁킁거렸다. 제 엄마 왔다고 이제야 알은척인가 보다.

"생리통이 죽을병은 아닌 거 같고…… 암튼 난 있잖아, 건강하고 행복한 할머니가 되는 게 소원이야. 몸과 마음 모두 평화로운 할머니. 이게 아무것도 아닌 거 같으면서도 은근히 어렵잖아. 우리 할머니를 봐도 그렇고, 복지관에 봉사 활동 하러 가서 봐도 그렇고. 나, 이것저것 해 보고 싶은 일도 많은데 버킷 리스트 다 이루려면 꽤 오래 살아야 할 거 같아. 겨자도 나랑 오래오래 행복하고 건강하면 좋겠어. 그리고……."

갑자기 설아가 내 눈치를 슬쩍 보더니 눈을 내리깔고 지나가듯 말했다.

"여름이 너도."

얘가 뜬금없이 내 무병장수를 기원하는 바람에 분위기가 급속히 어색해졌다. 나는 겨자야, 밥 안 먹을 거니, 하면서 침대 밑에 머리를 처박았고 설아는 방바닥에 떨어진 과자 부스러기를 손날로 훑어 모았다. 머리를 대강 묶듯 분위기를 정리하고 나서 우리는 새 과자 봉지를 뜯었다. 오빠가 무슨 박람회인가를 가느라 집을 비운 덕분에 오빠 방의 과자는 전부 우리 차지였다.

"그거 말고 다른 소원은 또 뭐 없어?"

끝난 얘기를 끌고 와서 추가 질문까지 던졌다. 설아에게 건강하고 평화롭고 행복한 할머니 되기 말고 또 다른 희망 사항은 없는지 궁금했다. 켕기는 마음이 들어서 그런 걸지도. 설아의 첫 번째 소원, 그 꿈을 이루고 말고는 내가 어찌할 수 없는 일이다. 우리 할아버지가 말씀하시기를 '인명은 재천'이라고 했다. 와, 문자 나오네. 사람 목숨은 하늘에 달렸다는 뜻이다. 나는 하늘이 아니라 여름이니까 설아의 노년을 보장해 주지는 못한다. 하지만 설아의 꿈을 초기화 우박으로 훼방 놓을 수는 있다. 다른 삶에서 설아의 소원은 무엇이었을까. 초기화는 설아의 꿈을 어떤 식으로 방해했을까.

"있어, 유성우 보기! 우리나라에 유성우가 많이 떨어지는 때가 있대. 직접 보면 멋질 거 같아."

설아가 두 눈을 별처럼 빛내며 말했다. 설아네 집의 번쩍거리는 대리석 바닥과는 다른 질감의 반짝임.

"유성우? 페르세우스 유성우 같은 거? 그건 여름에 강원도 가면 잘 보여. 우리 할아버지 댁이 영월이거든."

"와, 그럼 넌 별 자주 봤겠네?"

"방학 때 가끔. 언제 한번 보러 갈래?"

물음표를 던지자마자 미쳤구나 채여름, 하는 내면의 꾸짖음이 들려왔다. 왜 안 하던 짓을 하는 거야? 이제껏 할머니가 되게 놔두지 않은 게 갑자기 미안해지기라도 했어? 아니면 뭐, 두 번째 소원이라도 이뤄 주고 싶어?

의도가 뭐였든 입에서 나간 즉시 접수되는 바람에 주워 담지도 못할 말이었다. 설아는 '꺄악'과 '크악'의 중간쯤 되는 탄성을 지르더니 가방에서 예의 그 깜찍한 다이어리를 꺼냈다. 강아지 모자를 쓴 삼색 볼펜으로 8월 달력 전체에 걸쳐 커다란 별을 그리더니 '영월로 유성우 보러 가기!'라고 적는다. 그러고는 볼펜을 딸깍, 빨간색으로 바꾼 다음 '여름이랑'이란 말을 중간에 끼워 넣었다. 잇새에 낀 고춧가루처럼 보이는 군더더기였다. 아 진짜, 괜한 말을 해 가지고. 영월은 운석이 있는 곳이기도 했다.

전에는 설아가 이런 애인 줄 몰랐다. 어떤 눈빛으로 어떤 꿈을 품고 사는지, 무엇에 기뻐하고 무엇을 기대하는지 몰랐다. 그저 같은 동네에 살고 같은 학교, 같은 반에 있지만 흐릿한 배경처럼 처리된 존재였을 뿐이다. 겨자를 다리로 설아와 연결되면서 민설아라는 존재의 안쪽을 조금이나마 들여다보게 됐다. 달의 뒷면을 보면 이런 기분일까?

지구에서는 달의 뒷면이 보이지 않기 때문에 우리는 평생토록 달의 앞면만 보고 산다. 내가 이번 생으로 자리를 옮기면서 달이 몸을 빙그르르 돌려 자신의 뒷모습을 보여 준 느낌이었다. 아니, 어쩌면 나와 설아 중에 달은 나일지도 모른다. 아무한테도 드러내지 않은 속내를 설아에게는 내비쳤으니까. 그런 속마음이 내 뒷모습인지도.

설아는 내일 또 오겠다는 말을 남기고서 겨자와 함께 집으로 돌아갔다.

3

지금 나는 우주 카페 2층. 설아랑 왔을 때처럼 창가 자리. 가을 오빠가 밖에 나가서 바람이라도 쐬고 오라며 등을 떠밀었다. 그동안 겨자는 자기가 보고 있겠다면서. 그 순간에는 오빠가 제법 그럴듯해 보였다. 육아 스트레스에 찌든 주부를 구해 주러 깡통 갑옷을 덜그럭대며 달려온 기사 같았달까. 나도 방구석에서 겨자 입만 보고 있다가는 미칠 것 같아서 휴대폰만 들고 뛰쳐나왔고, 걷다 보니 우주 카페였다.

그러니까 무엇 때문에 미칠 것 같았느냐면, 겨자가 밥을 먹지 않는다.

퇴원하던 날 병원에서 캔을 조금 먹었다고 했으니 굶은 지 사흘째였다. 며칠 뒤에 재검을 받을 텐데 빈혈 수치가 곤두박질쳤다면? 모아 놓은 돈을 거의 다 써서 수혈을 또 해 주지도 못하는데. 없는 용돈 털어 주문한 마성의 간식마저 거부당하자 머릿속이 하얘졌다. 내면의 평화가 빈혈을 일으킬 위기였다. 인터넷에는 무시무시한 경고와 예언이 넘쳐났다. 고양이는 며칠만 굶어도 지방간이 와서 위험하다, 강제 급여라도 해야 한다, 고양이가 살고 죽고는 집사의 의지에 달려 있다…….

사료를 물에 불려도 보고, 믹서에 갈아 죽처럼 만들어도 보고, 강렬한 냄새를 풍기는 간식에 섞어도 봤다. 겨자는 그 모든 시도와 노력을 거부했다. 당연히 약도 못 먹였다. 병원에서 약 거르면 안 된다고 했는데.

설아는 겨자한테 화나면 다이어리에 겨자 욕을 하면서 푼다고 했다. 나는 '7월 10일, 날씨 엄청 더움. 겨자가 밥을 안 먹고 버텨서 빡치는 하루였다. 겨자 나쁜 놈' 하고 초딩 일기를 쓰는 내 모습을 상상하고는 피식 웃고 말았다. 그러자 꼬인 위장이 풀렸는지 배에서 꼬르륵 소리가 났고, 때맞추어 레아 언니가 귀 밝은 풍요의 여신처럼 쟁반을 들고 올라왔다.

"이것 좀 먹어 볼래요? 내일 판매할 쿠키인데 미리 몇 개 구워 봤어요."

커다랗고 두툼한 쿠키에서 시나몬 냄새가 풍겼다.

"미리 먹는 내일의 사사동 쿠키는, 호랑이예요."

호랑이라는데 고양이를 닮았다. 하기는 고양이가 호랑이과, 아, 반대인가. 호랑이가 고양잇과니까 서로 비슷하게들 생겼지.

"여름 양, 이 쿠키 먹고 기분이 좀 풀리면 좋겠어요. 설아 양은 같이 안 왔네요?"

어쩌면 설아 양, 여름 양, 이런 오글거리는 말을 저렇게 상냥하고도 품격 있게 할까. 나는 진심 어린 감탄의 눈길로 레아 언니를 바라보며 대답했다.

"설아는 학원 갔어요. 근데 저, 기분 안 좋아 보여요?"

"솔직히 말하자면, 네. 보자마자 오늘 무슨 일 있나 보네, 했죠. 그래도 지금은 좀 괜찮아진 거 같은데요?"

레아 언니가 툭 터놓고 솔직하게 말해 주어서인지 나도 웬 참견이시죠, 하는 심술이 일지 않았다. 오늘 상당히 삐딱 모드인데도 말이다.

"오지랖 부린 김에 한마디 더 보태자면요, 온 우주를 뒤져 봐도 아무런 문제가 없는 인생은 없을 거예요."

밥을 안 먹겠다고 버티는 겨자를 어르고 달래다가 제풀에 화내는 것도, 고양이 병간호로 신경질이 나서 씩씩거리는 것도, 머쓱이가 아팠을 때는 차마 겪지 못한 일이다. 저번 생에서 머쓱이를 살릴 방법만 있었다면 지금보다 더한 고생도 환영했을 텐데. 그러고 보면 머쓱이 다음에 온 겨자는 선물 상자가 아닐까. 상자를 열면 그 안에 귀여운 겨자, 고집불통 겨자, 아픈 겨자, 수혈받는 겨자, 착한 겨자, 씩씩한 겨자…… 온갖 겨자가 가득한 거다. 만약 머쓱이로 와글거리는 상자가 있다면 어땠을까. 쉽고 편한 머쓱이부터 어렵고 까다로운 머쓱이까지 골고루 담긴 상자 말이다. 마음에 웅덩이가 하나 파이려는 느낌이라 얼른 쿠키를 집어서 베어 먹었다. 오늘의 사사동 쿠키는 사라진 머쓱이와 사라지지 않을 겨자를 위한 쿠키. 내 멋대로 정했다.

"잘 먹을게요. 감사해요."

레아 언니에게 늦은 인사를 하는데 언니의 앞치마 어깨끈에 달린 배지가 보였다. 'DAVID'라 쓰인 크림색 배. 우리 동네의 선착장에서 출발하는 유람선, 다비드호였다.

"배 안에 기념품점이 있길래 하나 샀어요. 다비드호 타 봤어요?"

레아 언니가 내 시선을 알아차리고 말했다.

"네, 유치원에서 소풍 갔을 때요."

"배에서 보니까 바다가 참 예쁘더라고요. 여름 양도 설아 양이랑 오랜만에 한번 타 보세요."

레아 언니가 앞치마 주머니에서 다비드호의 50퍼센트 할인권을 꺼내서 내밀었다. 유람선을 최대한 촌스럽게 찍은 사진이 앞면 가득하고, 붉은 도장으로 찍힌 유효 기간은 이번 달 말까지.

"이런 거까지 안 주셔도 되는데……."

공짜 쿠키를 얻어먹은 참이라 할인권까지 받기는 부담스러워서 사양하려는데, 레아 언니가 싱긋 웃으며 음수대를 가리켜 보이고는 1층으로 내려갔다. 음수대 한쪽에 할인권이 한 뼘은 쌓여 있다. 부담스러워할 필요는 없겠구나.

쿠키를 다 먹었을 즈음, 휴대폰이 울렸다. 가을 오빠가 웬일로 동영상을 보냈다. 동영상을 재생한 내 입에서 쿠키 부스러기와 함께 외마디 소리가 튀어나왔다.

영상에는 밥 먹는 겨자가 담겨 있었다. 겨자가 선택한 오늘의 저녁은 별식도 특식도 아닌, 밥그릇에 부어 놓은 사료였다.

나는 겨자를 보러 집으로 달려갔다.

여름

다비드호를 타고

1

고양이 엄마와 할머니는 옛날 휴대폰을 고양이 관찰용 CCTV로 설치해 두고서 집을 나왔다. 그간 겨자를 간호하느라 고생했으니 나가서 좀 돌아다닐 작정이었다. 마침 다비드호 탑승 할인권도 있고 해서 버스를 타고 선착장으로 향했다. 무더운 날씨라 시원한 바다를 보고 싶었다.

겨자는 얼마 전부터 우리 집에 오지 않는다. 몸이 나아지기도 했고, D-바이러스의 새로운 변이종이 퍼져 학원들이 휴원해서 설아가 전업 맘이 되었기 때문이다. CCTV 앱을 확인하니 돌돌 만 암모나이트 자세로 숙면 중인 겨자. 식욕이 돌아오고부터 차도를 보이더니 재검 결과도 정상, 약도 끊었고 이제 혼자 두어도 괜찮을 만큼 회복되었다.

선착장을 두리번거리는 사람은 우리 둘뿐이었다. 'D-바이러스로 다비드호 탑승 인원을 제한합니다'라는 안내문이 무색할 정도였다. 설아와 나는 승선 신고서를 쓰고 표를 샀다. 반값 할인도 야무지게 받았고.

"곧 출발하니까 탑승하시면 됩니다. 비상구, 비상벨, 구명조끼 위치를 꼭 확인해 주세요."

직원이 안전 수칙 안내문을 주며 말했다.

"배 안에 우리밖에 없는 건 아니겠지? 그런 거면 좀 무서운데……."

설아가 내 옆에 붙어 서며 작은 목소리로 말했다.

"설마, 선장은 있겠지."

"선장하고 우리만? 그게 더 오싹하잖아."

"다른 사람들도 있을 거야. 유령선도 아니고 유람선인데 뭐."

말은 씩씩하게 해 놓고 막상 배에 오르려니 떨렸다. 설아처럼 무서워서가 아니라, 코스모스 그룹을 거쳐서 들어갔던 다비드호와 그곳에서 나를 맞이하던 꿀벌 선장이 떠올라서였다.

갑판 지나 저쪽, 둥근 창문 너머로 푸른 바다가 보였다. 심장이 파도를 타듯 두근거렸다. 또 다른 다비드호의 창밖으로 보이던 푸른 지구가 기억 속에서 물결쳤다. 창문으로 다가갈수록 심장 박동 소리가 커졌다. 설아에게 들리기라도 할까 봐 신경이 쓰일 만큼.

"바다 예쁘다! 이렇게 가까이에서 보는 거, 되게 오랜만이야."

설아가 창밖을 내다보며 말했다.

지구 밖이 아니라 안에서 보는 바다였다. 갈매기가 수면과 스칠 듯 낮게 날고, 등대처럼 생긴 노란 부표가 낮잠이라도 자는지 느른하게 출렁였다. 한여름의 바다 풍경을 바라보는 동안, 심장 박동도 조금씩 느슨해졌다.

이때를 기다렸다는 듯 귓가에 날아드는 붕붕, 날갯짓 소리.

설아가 "으아, 벌!" 하고 외치면서 몸을 낮췄다. 민설아 얘는 무서운 것도 많다.

꿀벌은 창틀에 앉았다가 내 정수리로 자리를 옮겼다가 하며 부산을 떨다가 날아갔다. 거기가 어디인가 하면 매점이었다. 매점이라는 공간을 인식하자 허기가 졌다. 설아도 내 시선이 가닿는 곳을 보고는 배고파하는 표정이 되었다. 꿀벌은 오늘의 임무를 마쳤는지 흔적도 없이 사라졌고.

매점에는 우리 말고도 승객이 몇 명 더 있었다. 그 사람들을 보니 안심이 되었는지 설아의 눈빛이 여유로워졌다. 우리는 컵라면과 생수를 골라서 계산대로 가져갔다.

"둘이 자매예요?"

나이 지긋한 직원이 컵라면의 바코드를 찍으면서 물어봤다.

"네? 아뇨, 친구예요."

설아가 대답했다.

"아, 친구. 눈매가 닮아서 자매인가 했어요. 음식물 섭취는 갑판에서만 됩니다. 맛있게 드세요."

컵라면에 뜨거운 물을 부으면서 설아는 뭐가 재미있는지 "너랑 나랑 닮았대" 하며 키득거렸다. 나는 못 들은 척 생수병을 열어서 물만 들이켰다.

갑판에 놓인 파라솔 아래 자리를 잡자, 다비드호가 출발했다. 예상대로 바닷바람이 시원하다. 배 주변에서 물거품이 라면 물처럼 부글부글 끓었다. 친구예요, 하던 설아의 말이 내 마음속에서 온기를 얻었다. 그러니까 우리가 친구란 거지. 라면 위에 얹은 치즈처럼 스르륵 얼렁뚱땅 친구가 되어 버린 건가. 얼마만의 친구인지, 언제부터인가 난 대체로 혼자였는데.

그 순간, 더운 하늘의 마른번개처럼 번쩍이는 기억이 있었다.

"설아 너, 사진 찍는 거 좋아해? 네 컷 사진 같은 거."

"좋아하는데 왜? 여기 기계 있어?"

"그건 모르겠고 그냥 생각나서."

별일 아니라는 듯 얼버무렸지만 한번 떠오른 기억은 수다쟁이 꿀벌처럼 머릿속을 붕붕 맴돌았다.

함께 사진을 찍으러 가기로 했던 애들 중에 설아가 있었다는 사실이 떠오른 참이었다. 머리를 망치는 바람에 초기화를 해 버린 인생에서 말이다. 같은 무리에 속해 있을 뿐 친하지는 않았던 아이, 나에게 마지막 메시지를 보낸 아이가 설아였다. 겨자 때문에 자주 얼굴을 보며 지내서인가, 뒤늦게나마 생각났다.

운석을 밟기 직전, 설아의 메시지를 확인했었는데 내용이 뭐였더라. 생각날 듯 말 듯, 보통 그렇게 감질나게 굴다가 마는데 웬일로 기억이 떠올랐다. 그래, 그거였어!

"너랑 같이 사진 찍고 싶었는데……."

나도 모르게 입 밖으로 소리를 내어 읊고 말았다. 그 기회를 놓칠 설아가 아니었다.

"진짜? 나도! 우리 같이 찍자. 다이어리에 붙여 놔야지."

사진 찍는 거 딱 질색인데. 망했다, 망했어. 그래도 싫다는 말을 할 수가 없었다. 바람에 머리카락을 휘날리면서 라면을 먹는 설아가, 사진 네 컷을 어떻게 찍을지 구상하는 설아가 너무나도 신나 보여서.

라면을 다 먹고 나서 매점 옆에 있는 기념품점으로 갔다. 설아는 사진 부스가 있나 두리번거렸고 나는 자잘한 기념품을 모아 놓은 진열대로 갔다. 사진 부스도, 레아 언니가 앞치마에 하고 있던 다비드호 배지도 없었다.

2

다비드호를 돌아다니며 구경하다가 망원경을 발견했다. 나는 눈을 렌즈에 가져다 댔지만 고장이라도 났는지 아무것도 보이지 않았다.

"거꾸로 보고 있는 거 같은데?"

설아가 렌즈를 빙그르르 돌려서 방향을 바꿔 주자 그제야 상이 잡혔다. 건너편 섬에 즐비한 건물, 시야를 가로지르며 지나가는 배. 먼 풍경이 가깝게 보였다. 망원경에서 눈을 떼고 옆을 보자, 한 발짝 거리에 설아가 있었다. 겨자의 노란 털을 티셔츠에 묻힌 설아가.

이 세상이 나의 우주라면 거기에 설아와 겨자가 있었다. 이곳은 겨자의 우주, 설아의 우주, 우리의 우주이기도 했다. 어쩌면 이제까지 난 거꾸로 된 렌즈에 눈을 대고 있었는지도 모른다. 아무것도 안 보여, 세상이 고장 났어, 중얼거리면서.

"너도 한번 볼래?"

그러자 설아가 망원경 앞에 서더니 바다 저편의 간판을 하나씩 읽었다. 한글 교실이 한창인데 퍼붓기 시작하는 소나기. 우리는 태풍이라도 만난 듯 호들갑을 떨면서 선실로 뛰어 들어갔다. 바다에 내리는 비를 바다에서 보고 있으니 그 소리와 풍경에 나마저 물 한 방울로 스며드는 느낌이었다.

"우리 족발집 말이야, 망할 거 같아. 장사가 안 된대. 임대료도 비싸고."

바다 소나기에 고즈넉해지는 분위기를 헤집으려고 집 얘기를 꺼냈다. 나무젓가락으로 컵라면 용기의 밑바닥을 휘젓듯이.

"우리 집은 은행에 넘어갈지도 몰라. 금리인가, 그게 너무 올라서 대출금 갚는 게 힘들대."

"너희 집도 분위기 싸하겠네. 부모님은 안 싸워?"

"싸우지, 엄청. 내일 당장 이혼해도 안 이상할 듯."

"우리 엄빠는 오늘 당장 이혼할지도."

누가 누가 더 심각한가, 허세를 부리며 '이래도? 이래도?' 하고 들이대는 느낌이라 우리는 마주 보고 픽 웃었다. 웃음이 지나가자 둘 다 바다나 바라본다.

가늘어지다가 잦아든 빗줄기. 집 걱정은 빗방울처럼 털어 내고 갑판으로 나갔다. 자기 차례라는 듯 달려드는 안개에 선글라스를 쓴 두더지처럼 시야가 좁아진다.

"다비드호를 찾아 주신 승객 여러분, 비 온 뒤의 해무로 기상 상황이 좋지 않아 안전을 위해 서행하겠습니다. 도착 시간이 늦어지겠으니 양해 바랍니다."

안내 방송 뒤에 배의 속도가 줄었다. 천천히 나아가는 배와 짙어지는 안개 속에서 설아와 망원경, 그 정도만 눈에 들어왔다.

"지금 망원경을 보면 뭐가 보일까?"

"아무것도 안 보이고 뿌옇겠지."

내 추측을 듣고도 설아는 망원경으로 다가갔다. 이리저리 방향을 바꿔 가며 안개 속을 살피자, 망원경에 맺힌 빗방울이 설아의 손을 타고 흘러내린다.

"진짜 아무것도 안 보여! 눈 내리는 것처럼 온통 하얘."

설아는 아무것도 안 보이는 것 좀 보라면서 나에게 망원경을 내주었다. 눈발이 휘날리듯 하얀 풍경. 마치 설원처럼. 망원경을 이쪽저쪽으로 돌려 봐도 마찬가지였다. 그러다 어느 지점에서인가, 나는 숨을 삼키며 시선을 고정했다.

진짜 설원이었다. 초기화 버튼이 있는 곳. 거기에 어떤 할머니가 있었다. 허리를 굽혀 바닥에서 뭔가 주우려던 할머니가 몸을 일으켜 내 쪽을 본다. 나는 흠칫 놀라 망원경에서 물러났다가 다시 다가섰다. 이런, 안개뿐이다. 망원경으로 안개를 흩트려 봐도 설원은 온데간데없었다. 내가 뭘 본 거지? 헛것이라도 본 건가?

"여름아, 이러고 있으니까 꼭 세상이 멈추기라도 한 거 같아. 배는 느리고 세상은 하얗고."

"그러게. 이 정도면 껐다가 다시 시작해야 되는 거 아냐?"

"세상이 다시 시작되면 뭐가 달라지는데?"

설아의 목소리에 장난기가 묻어났다. 10초를 줄 테니 자기가 다른 생에서 어떤 모습이었는지 말해 보라고 했을 때처럼. 이번에도 난 10초를 다 쓰지 않았다.

"좀 더 나은 버전이 나올지도 모르지. D-바이러스도 없고, 집도 평온하고."

반대로 더 나쁜 상황이 펼쳐지는 경우는 언급하지 않았다. 세상이 마음대로 되지 않는다는 것쯤은 설아도 알 테니까. 나는 세상의 끝과 시작을 결정할 뿐, 어떤 세상인지 선택할 권한은 없다. '눈이여! 내리다가 그쳐라!' 하고 외쳐 눈을 내리게 할 수는 있어도 함박눈일지 싸락눈일지 가루눈일지 고르지는 못하는 날씨의 신처럼, 어설프고 서투른 결단.

"겨자는 우리 집에 와서 나랑 또 살게 될까? 하긴, 그건 모르는 거겠지……."

한참 뒤에야 설아는 말을 이었다.

"난 다른 세상 말고 여기 있을래. 완벽하진 않지만 너랑 겨자도 있고, 지금이 좋아. 그리고 레아 언니가 그랬거든. 문제없는 인생은 없다고."

레아 언니가 그 말을 설아에게도 했구나. 그래, 누구에게나 우울한 날이 있으니까.

"다이어리 쓰다 보면 망할 때 있잖아. 글씨가 이상하거나 스티커를 잘못 붙였거나. 처음엔 조금만 맘에 안 들어도 다 뜯어 버렸는데 이젠 안 그래. 그냥 놔둬. 나한테 다이어리는 하루하루 완성해 가는 책 같은 거거든. 아쉬운 데가 있다고 뜯어내면 책 내용이 끊기잖아. 인생을 그런 식으로 편집하는 건 아닌 거 같아, 난."

어딜 가든 지니고 다니는 미니 다이어리에 이토록 심대한 철학이 담겨 있었다니. 나도 다이어리를 써 봐야 하나.

배가 파도에 부드럽게 흔들렸다. 자욱한 안개 속에서 바다가 하늘 같고 하늘이 바다 같고, 위아래가 분간되지 않았다. 바다를 떠다니는 다비드호가 뱃머리를 돌려 하늘로 날아오르는 듯한 감각. 착각일까, 환상일까. 이 하얗고 뿌연 것들은 안개를 닮은 구름이겠지? 눈을 감아도 눈앞이 까맣지 않고 하얗다. 나는 구름 속으로 쏘아 올려진 다비드호에 타고 있다고 상상했다. 우주선이 된 유람선을 탄 채 하늘을 나는 중이라고.

다비드호가 대기권을 벗어나 우주로 진입하기 직전, 안개가 뒷걸음질을 치며 물러났다. 시작처럼 끝도 순식간인 안개. 너른 바다와 잿빛 하늘이 돌아오고, 다비드호의 비행도 끝났다.

"승객 여러분, 해무가 걷혀서 이제 정상 속도로 운행하겠습니다."

3

유람 코스를 마치고 도착한 선착장. 출구를 지나 몇 분 걸으면 규모가 크지 않은 유원지가 나온다. 설아는 나를 끌고 네 컷 사진을 찍으러 갔다. 사진 찍고 싶다고 내 입으로 말해 버렸으니 무르지도 못하고, 그게 그 뜻이 아니었다고 변명하지도 못하고.

가게 안의 대형 거울 앞에는 가발과 머리띠, 안경과 망토 등등 소품이 수북했다. 더위 먹은 요정의 변장 도구함 같았다. 설아는

'WINTER'라는 글자 모양대로 큐빅이 박힌 왕관 머리띠를 쓰고 거울을 보며 '매우 만족' 미소를 지었다.

"내 이름이 겨울 느낌이잖아. 한번 써 보고 싶어서."

거울 속에서 나와 눈이 마주치자 설아가 설명해 주었다. 잘 알아들었습니다, 하고 나 역시 거울 속으로 겨울 여왕에게 고개를 까딱했다.

설아가 변장 도구를 선별해서 내밀었지만 나는 윈터든 섬머든 그 어떤 소품에도 관심이 없었다. 네 컷 사진을 찍는 것만으로도 충분히 큰 결심이란 말이지. 예전 같았으면 한 컷에 한 번씩 초기화 버튼을 밟았을 텐데. 소심해졌어, 채여름. '너랑 같이 사진 찍고 싶었는데……'라는 설아의 말이 머릿속을 맴돌아서 그런 거겠지. 어차피 이렇게 된 거, 최선을 다해 보자.

부스에 들어가자 설아는 다비드호를 타는 동안 구상한 포즈를 제안했다. 나는 결심한 대로 최선을 다해 설아의 지휘에 따랐다. 하다 보니까 이거, 재미있잖아? 내 마음을 읽었는지 탄력받은 설아, 네 컷째에 이르자 최후의 주문을 던진다.

"여름아, 망원경으로 어딘가 보는 것처럼 이렇게!"

나는 두 손을 망원경 렌즈처럼 동그랗게 오므려 눈에 댔다. 손으로 얼굴을 가리고 찍으니까 더 나은 것 같기도? 변장을 좀 할걸 그랬나.

촬영 끝에 나온 사진을 한 장씩 나누어 가졌다. 겨울 여왕은 콧

노래까지 흥얼거리며 다이어리 갈피에 사진을 끼워 넣었다. '영월로 여름이랑 유성우 보러 가기!'라고 써 놓은 페이지에.

여름 한가운데로 유성우의 시기가 다가오고 있었다.

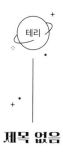

제목 없음

테리는 바닥에 떨어뜨린 책을 주우려다 말고 허리를 펴며 젤리 벽 쪽을 봤다. 조금 전, 누군가의 시선이 느껴졌는데……?

저 꿀벌 때문이었나?

젤리 벽에서 얼마쯤 떨어진 나무 주변으로 꿀벌이 날아다녔다. 웬 꿀벌인가 싶었으나 눈만큼 꽃도 많은 곳이니 꿀벌이 없을 이유도 없었다. 사방이 눈이어도 춥지 않았다. 숨을 내쉬어도 입김이 나오지 않았고 귀와 코도 시리지 않았다. 할머니를 따라 옆 동네로 갔던 그 추운 겨울밤과는 달랐다. 계절을 잊은 벌이 꽃송이마다 옮겨 다니며 꿀을 모은다. 이곳은 앙상한 겨울나무 사이사이로 꽃나무가 늘어선 설원이다.

꿀벌 말고 토끼도 있다.

짤따란 꽁지에 얼굴보다 커다란 귀, 복슬복슬한 털과 땡그란 눈. 검정 토끼가 꿀벌과는 다른 방향으로 몇 미터 떨어진 나무 밑에 앉아 테리를 바라보았다. 아까부터 계속, 어디 가지도 않고 쭉. 흠, 저 친구의 시선이었는지도.

"혹시, 토끼 선장?"

말을 걸어 봐도 귀만 쫑긋거리는 토끼.

"저기, 꿀벌 선장?"

고개를 돌려 불러 봐도 꿀벌은 붕붕, 날갯짓 속도나 높였다.

"다들 모르는 척이군. 그러든가. 눈밭에서 선장은 무슨 선장이야."

테리는 고개를 흔들고는 책을 주운 다음 안마 의자로 가서 앉았다. 낚시용 간이 탁자에 올려놓은 핫초코에서 김이 피어올랐다. 커다란 머그잔에 가루를 잔뜩 담아서 탄 다디단 핫초코. 뜨거운 물을 부은 지 한참 지났는데도 따뜻하다. 꿀벌과 토끼뿐만 아니라 테리에게도 나쁘지 않은 날씨였다.

"그나저나 꿀벌 선장, 누가 찾던걸요? 머잖아 여기로 올지도 모르니 그때 만나 보든가요."

생각난 김에 주머니에서 사진을 꺼낸다. 테리의 어쭙잖은 기억력에 따르면, 여름이란 그 아이는 이 사진의 주인공과 똑 닮았다. 닮아도 너무 닮았지, 같은 사람이 아닌가 싶을 만큼. 둘이 동일 인물인가 아닌가 하는 문제에는 해석과 의견의 차이가 따르겠으나…….

조심히 다녀오세요, 테리.
눈 내리는 풍경, 생각만 해도 시원하네요.

고마워요. 시원하기보다는 따뜻한 곳이죠.
눈도 꼭 설탕 같고.

와, 그런 곳이 있어요?
아무리 그래도 눈을 드시진 말고요ㅋ

　테리는 후치령으로 오는 버스 안에서 윈터와 주고받은 메시지를 다시 읽어 보고는 눈을 한 움큼 집었다. 하지 말라고 하면 더 하는 장난꾸러기처럼 혀를 내밀어 하얗고 고운 것을 맛본다. 눈은 눈이지 설탕이 아니었다. 곱고 깨끗한 눈에서는 아무 맛도 나지 않았다.

　윈터란 이름을 이 공간 어딘가에 가만히 놓아 본다. 안 될 일이지만 윈터를 데려왔다면 같이 컵라면도 먹고 토끼와 꿀벌도 구경하고, 재미났겠지. 군것질하며 수다를 떨다 보면 언제 나타날지 모르는 여름이를 기다리는 일도 한결 수월했을 테고. 무릎에 다이어리를 펼치고 앉아 일기를 썼을지도. '오늘도 여름이는 오지 않았고 나는 윈터랑 재미있는 하루를 보냈다'라든지, 뭐 그런.

　테리는 생각해 보았다. 나는 여름이가 오기를 바랄까, 오지 않기를 바랄까. 여름이가 와서 또 초기화를 하려 든다면 담판을 지어야 한다. 이번에는 운석을 빼앗기지 말자. 더는 그럴 수 없다. 내 세상이 자꾸만 이런 식으로 멈춰서는 안 된다. 이제는 안 돼.

여름이가 오지 않는다면 그 나름 다행이지만, 초기화 포기가 아니라 보류일 테니 안심할 일만은 아니다. 지금 오지 않는다고 나중까지 오지 않으리란 보장이 없으니까. 사람 마음이란 변덕이 심하게 마련이고 채여름, 그 아이가 그다지 진득한 성격도 아니지 않나? 테리가 알기로는 그랬다.

테리는 초기화를 막고 싶었다. 자신만이 아니라 윈터를 위해서라도. 윈터가 두 발을 붙이고 열심히 살아가는 세상을 지속시켜 주고 싶었다. 그 친구는 작고 사소한 일에서 기쁨과 행복을 찾는 사람이다. 펜을 쥔 채로 재채기를 하는 바람에 다이어리에 삐죽삐죽한 동그라미를 그려 놓고도 귀엽다며 웃는 사람, 귀퉁이가 들려 위험한 보도블록을 사진으로 찍어 구청에 신고하는 사람, 김치볶음밥을 눈물이 쏙 빠지도록 맵게 해 달라는 손님의 위 건강을 염려하고, 나이 먹은 신입 회원에게 먼저 친절한 인사를 건네는 사람. 윈터는 가장 사소한 것이 결국에는 가장 크다는 사실을 알고 있었다.

내색한 적이 없어서 그렇지, 테리는 그런 윈터에게 언젠가 도시락 가게를 물려주고 싶었다. 그동안 쌓아 온 맛과 세월과 스쳐 간 손님, 눌러앉은 손님, 미래의 손님까지 모두. 그러려면 세상이 초기화 없이 건재해야 했다.

누군가를 아끼고 축복하는 마음이 자기 자신을 돌보고 걱정하는 마음보다 얕지 않다는 걸 윈터 덕분에 알았다. 예전에는 삶의 끝까지 가서, 그 끝에 무엇이 있는지 알고 싶었다. 이제는 거기에, 윈터를 세상의 한가운데로 보내 주고 싶다는 소망이 더해졌다. 그 지루하고도 치열한 순간으로 가는 길이 끊어지지 않게 도와주고 싶었다.

테리가 아는 삶의 방식도 윈터처럼 단 하나다. 작은 일부터 최선을 다하고 그다음은 그때의 최선에 맡기는 것. 그런 마음으로 도시락 하나하나에 정성을 다했다. 오래된 동네에서 도시락을 싸는 이 소박한 일상을 반복해서 선택한 까닭도 거기에 있었다. 작은 일에 온통 마음을 기울이는 하루하루가 거듭 생각해도 마음에 들어서.

만약 이 우주가 책이라면 제목은 무엇이어야 할까?

테리는 입술에 묻은 핫초코를 혀로 훑으며 웃음 지었다. 인생은 목적지가 아니라 여정이고, 끝이라 여긴 지점에서 다음 장으로 가는 문이 열리기도 한다. 마지막 페이지까지 걸어가서 마지막 마침표까지 경험한 다음에 제목을 붙여도 늦지 않는다.

그리하여 이번 책의 제목은 현재, '제목 없음'이다.

여름

다시 시작

1

열차가 도착한다는 안내가 전광판에 떴다. 우리를 운석이 있는 영월에 데려다줄 기차였다. 설아는 페르세우스 유성우를 보러 간다고만 알고 있는 곳.

우리 부모님들은 우리끼리 영월에 가겠다는데 형식적으로 몇 가지 묻고는 그럼 그러든가, 할 만큼 경제 상황에만 골몰해 있었다. 할아버지가 내 부탁대로 엄마한테 전화를 걸어 줬지만 평소라면 그 정도로 무사통과란 어림도 없었을 것이다. 우리는 망해 가는 족발 가게와 치솟는 은행 금리에 치여 관심 밖으로 밀려난 신세였다. 하지만 그런 무관심 덕에 영월에 가게 됐으니까, 뭐.

열차가 선로로 들어서자 설아의 얼굴에 달의 뒷면처럼 드러난 표정은, 보름달 빛깔로 노릇노릇하게 구워진 기대와 흥분.

"진짜 우리끼리 별 보러 가네, 그치?"

등에 멘 가방을 들썩이며 콩 뛰기까지.

설아는 앞쪽 창가로, 나는 뒤쪽 복도 자리로 간다. D-바이러스로 열차 편성이 줄어든 데다가 여름 휴가철까지 겹치는 바람에, 서로 멀찌감치 떨어진 좌석뿐이었다. 난 영월에 여러 번 가 봤으니 창밖 풍경이 잘 보이는 자리는 설아에게 양보했다.

겨자는 우리 집에 데려다가 가을 오빠한테 맡겨 놨다. 녀석은 할머니네 집을 잊지 않았는지 내 침대 한가운데를 차지하고는 골골거렸다.

"근데 오빠, 오빠로 살아 보니까 어때?"

오빠에게 겨자를 어떻게 돌봐야 하는지 주의 사항을 꼼꼼하게 알려 주고 던진 질문이었다.

"어떻긴, 뭐가?"

"오빠 말고 언니로 다시 태어난다든지 그러면 어떨 거 같아?"

당연히 오빠는 영문을 모르겠다는 표정을 지었다. 난 아무것도 아니라면서 찐빵처럼 몽글몽글한 겨자의 뒤통수나 쓰다듬어 주고는 집을 나섰고.

"여름아, 생일 축하해!"

자기 자리에 가방을 내려놓고 온 설아가 조그만 종이 상자를 내밀었다. 유성우가 가장 잘 보인다는 오늘이 딱 내 생일이다.

"고, 고마워."

얼마 만에 친구한테 받는 선물인지.

"레아 언니도 축하한다고 전해 달래."

그러고 보니 우주 카페에서 보던 포장 상자다. 별 모양 스티커를 떼고 상자를 열자 고소하면서도 달콤한 냄새가 날갯짓하고, 폴짝 뛰어나오고. 고양이 모양 쿠키가 세 개, 꿀벌과 토끼 모양이 각각 하나씩. 토끼 쿠키는 진한 초콜릿 색깔이었다.

"고양이는 레아 언니한테 특별 주문한 거야. 꿀벌은 오늘의 사사동 쿠키고."

"그럼 토끼는? 얘네가 멸종 위기는 아닐 텐데."

"토끼는 그냥 귀여워서 하나 같이 구웠다고, 그건 레아 언니가 주는 선물이래."

세계 고양이의 날에 태어난 나에게 보낼 고양이 쿠키를 구우면서 멸종 위기는 전혀 아니고 엄청 귀여울 뿐인 토끼 쿠키도 같이 굽는 레아 언니. 역시나 상냥하다.

기차가 출발하자 설아는 제자리로 돌아갔다. 나는 쿠키 상자를 무릎에 올리고 기차의 움직임에 맞추어 흔들리다가, 잠이 들었다.

꿈에 아픈 머쓱이가 나왔다. 우리 머쓱이 안 아프게 해 주세요, 기도했더니 어딘가에서 새 머쓱이가 날아오고 헌 머쓱이는 사라졌다. 원래 있던 머쓱이를 돌려 달라고 뇌파 메시지를 전송하자, '멸종 위기!'라는 목걸이 이름표를 단 거자가 택배로 도착했다. 자꾸 바꾼다고 뭐가 더 나아지기는 해? 머쓱이와 똑 닮은 겨자가 말했다.

콰쾅!

벼락처럼 천둥처럼 덜컹거리더니 멈춰 서는 기차.

꿈에서 깨어 눈을 뜨니 객차 안은 비명 섞인 연기가 가득했다. 깨진 유리창으로 바깥 풍경이 덤벼들었다. 선로를 벗어난 열차가 망가진 장난감처럼 쓰러져 뒹굴고 있었다. 몇몇 칸들은 부러진 뼈처럼 분리되어 끊어진 상태였다.

좌석에서 일어나자 쿠키 상자가 바닥으로 떨어졌다. 복도를 기어가는 부상자의 팔꿈치에 눌려서 찌그러지는 상자. 파사삭, 쿠키의 비명이 새어 나왔다.

나는 부서진 쿠키처럼 비틀거리며 설아 쪽으로 향했다. 출구를 찾으려고 서로 밀치며 아우성치는 사람들과 짙은 안개처럼 탁한 먼지를 헤치며 반 발짝씩 움직였다. 1초가 백 년 같은 여정을 거쳐 객차 앞쪽에 다다르자, 바닥에 쓰러진 설아가 보였다. 얼굴에서 흘러내리는 핏줄기. 심장 부근에 귀를 대니 박동이 느리고 흐렸다.

"죽지 마!"

설아의 피를 닦으며 말했다. 너한테 이런 풍경을 보여 주고 싶었던 게 아니야. 내가 정말 무엇을 원하는지는 모른다 해도 무엇을 원치 않는지는 분명했다. 내가 도무지 원치 않는 한 가지는, 행복한 할머니가 되고 싶다는 설아의 소원이 이루어지지 않는 것.

아리송하던 마음에 갈피가 선다.

"제발, 설아야. 미안해. 내가 미안해."

나는 뭐가 미안한지도 모르면서 자꾸 사과했다.

"제발, 제발 좀……."

콰콰쾅! 세상이 재차 뒤흔들린다.

"여름아, 일어나!"

다시 눈을 뜨자, 설아가 나를 흔들어 깨우고 있었다. 얼굴에는
피 대신 반짝이는 눈빛.

"영월역이야. 내리자."

"뭐, 영월……? 죽은 게 아니고?"

"응? 누가 죽어? 여름이 너, 죽은 건가 싶게 쿨쿨 자긴 하더라."

창밖을 바라보았다. 선로를 벗어나 나뒹굴던 쇳덩어리는 어디
론가 사라졌고, 고풍스러운 기차역만 서 있었다.

아, 꿈이었나. 꿈과 꿈속의 꿈.

무턱대고 일어나는 바람에 무릎에 놓아둔 에코백과 쿠키 상자
가 미끄러져 내렸다. 가방은 내가, 쿠키 상자는 설아가 붙잡았다.

열차에서 내리니 느껴지는 더위와 꿉꿉한 공기. 채여름이 싫어
하는 여름 날씨인데도 불쾌하지 않았다. 설아 안 다쳤잖아? 나도
살던 대로 쭉 살고 있잖아? 빵 반죽이 부풀어 그릇 테두리를 벗어
나듯 입가로 웃음이 비어져 나왔다.

버스를 타고 할아버지 댁에 도착해서 짐을 풀자, 이른 저녁이었다. 저녁을 먹고 나니 날이 어두워졌다.

온갖 불빛의 훼방으로 깊은 어둠이 오지 않는 도시와 달리, 시골 밤은 한쪽 눈으로 열쇠 구멍을 들여다보듯 까맣게 고요했다. 스며드는 어둠 속으로 부슬비가 내리기 시작한다. 실바람처럼 흩날리는 가느다란 빗줄기.

"비 온다는 얘기 없었는데 뭐야, 갑자기."

나는 날씨 앱을 확인하며 중얼거렸고 설아는 흐엉, 울음보가 터지기 직전이었다. 유성우는 별의 부스러기로 이루어진 빗줄기지만 맑은 날에 잘 보인다. 날이 흐리면 얼굴 보기가 힘들 텐데 어떡하지?

한 시간쯤 기다리자 비가 그치기는 그쳤다. 설아는 창문 밖으로 고개를 빼더니 먹구름 낀 밤하늘을 살펴보았다.

"일단 나가 볼래? 어쩌면 유성우, 볼 수 있을지도 몰라."

내 딴에는 고민 끝에 한 제안인데도 설아는 미심쩍은 모양이다.

"이렇게 흐린데 별이 어디서 보여?"

"그런 데가 있어."

'아마 있을 거야'라는 해석본은 마음속으로만 읊조렸다. 설아는 어물쩍 꼬리를 남겨 둔 내 마음을 눈치챘는지 반신반의하면서도 나를 따라나섰다. 등 뒤에서 할아버지가 무슨 일 있으면 데리러 갈 테니까 전화하라고 소리쳤다. 논두렁과 밭두렁에서 스쿠터 타기에 통달한 분이라서 믿음이 간다.

우리는 휴대폰의 손전등 기능으로 구불구불한 길을 비추며 걸어갔다. 이따금 구름 사이로 달이 얼굴을 내밀었다가 사라졌다. 구름 창문으로 지구를 내다보듯이.

이장님네 옥수수밭에 이르자 저만치에서 젤리 벽이 몸을 꼼지락거렸다. 우리는 밭 옆으로 난 좁은 길, 흐릿한 가로등 불빛 아래 멈춰 섰다. 귀 밝은 이장님네 집이 넘어지지 않고도 코 닿을 데였다. 설아 휴대폰에 할아버지 전화번호도 저장해 놨으니 이 정도면 혼자 둬도 안전할 듯.

"나 화장실이 급해서. 5분만 기다려, 알았지?"

5분, 그쯤이면 충분하겠지. 나는 설아를 놔두고 젤리 벽 쪽으로 걸어갔다.

"무서우니까 빨리 와!"

설아의 목소리가 아득해지더니 쫀득한 젤리 벽이 손끝에 닿았다. 그쪽으로 한 발을 내딛고는 뒤를 돌아보았다. 어둠 속에서도 낮처럼 환한 휴대폰 화면을 들여다보는 설아. 고개를 들자 나와 눈이 마주쳤다. 그러나 젤리 벽은 물론이고 나도 보이지 않는 듯하다.

"이번에는 생각보다 빨리 왔군, 채여름."

젤리 벽을 통과하자 누군가 말했다.

2

그렇게 말한 사람은, 어떤 할머니였다. 멀리서 한 말인데도 선명하게 들렸다. 목련나무 아래, 얇은 코트를 입고 커다란 안마 의자에 앉은 할머니. 유람선 다비드호를 탔을 때 안개 속의 망원경 너머로 봤던 것 같은데……? 어떻게 내 이름을 알까.

목련나무 쪽으로 걸어가며 살피니, 어딘지 모르게 낯익은 얼굴이다. 아, 생각났다. 예전에 한두 번, 어쩌면 여러 번 이곳에서 만난 사람이다. 설원의 관리인이라던가, 그랬었지.

운석은 안마 의자 옆에 있었다. 두 주먹을 합친 크기쯤 되는 까만 돌덩이가 하얀 눈 위에서 도드라져 보인다. 내 우주의 초기화 버튼. 꿀벌 한 마리가 나타나 날갯짓하며 춤춘다. 나는 꿀벌이 그리는 무한대 기호처럼 끊임없이 초기화를 해 왔다.

"꿀벌 선장님……?"

혹시나 싶어서 불러 봤을 뿐, 코스모스 그룹의 다비드호에서 만난 그 모습은 아니었다.

"대답 안 할걸? 네가 올지도 모른다고 말해 놨는데 딱히 기다리는 눈치도 아니었고."

할머니가 간이 탁자에서 머그잔을 들어 홀짝이며 말했다. 잔에서는 먹음직스러운 김이 피어오르고 있었다.

그러자 또 기억이 났다. 자세한 사연은 떠오르지 않으니 생략하고, 운석을 빼앗으려고 저 할머니와 추격전을 벌인 적이 있었다. 또 그러지 말라는 법이 없는 데다가 조금 뒤에 내가 하려는 일을 방해하려 들지도 모르니, 긴장을 늦추지 말자.

검정 토끼가 폴짝거리며 지나간다. 레아 언니가 구운 토끼 모양의 초콜릿 쿠키와 묘하게 닮았다.

나는 뒤를 돌아보았다. 젤리 벽 너머, 여름밤의 후텁지근한 어둠 속에서 나를 기다릴 설아가 신경 쓰였다. 이장님이 집 밖으로 나왔다가 설아를 발견하고는 이 밤에 혼자서 뭐 하느냐며 참견하면 어쩌지. 할아버지는 이장님의 연락을 받고 달려와 나를 찾을 테고 설아는 여름이 저쪽으로 갔는데요, 하겠지만 주변을 뒤져도 내가 나올 리 없으니 채 씨네 손녀가 사라졌다며 한바탕 소동과 난리가……. 상상만으로도 난감했다.

예전 같았으면 이쯤에서 으아아, 모르겠다, 하고 운석을 밟아 버렸을 것이다. 귀찮고 성가신 일은 질색이니까. 그러나 이번에는 해야 할 일이 있었고, 계획을 성사하려면 기회를 엿보아 할머니의 빈틈을 파고들어야 한다. 설원의 관리인이라면 내 계획을 반기지 않을 테니까.

5분, 설아에게 5분만 기다리라고 말해 뒀다.

"너무 쫓기듯이 그러지 않아도 돼. 여기는 바깥보다 시간이 천천히 흐르니까."

설원에 들어왔다가 나간 적이 없으니 할머니의 말이 진짜인지 아닌지는 판단 불가. 여기에 왔다 하면 운석을 밟았고 그것으로 끝이었다. 세상이 한 점으로 조여들고 젤리 벽이 파도치고 하늘이 보라색으로 물들며, 끝. 나는 '끝' 대신 '시작'이란 말을 쓰고 싶지만 말이다. 다시 시작. 무엇이든 끝이 나야 시작도 하잖아?

"그래, 뭔가 얻으려면 뭐든 잃어야 하지. 잃는다고 해서 나쁜 것만은 아니야. 얻는다고 해서 좋기만 하지도 않고."

할머니와 나 사이의 거리가 양팔 간격으로 줄어들었다. 꿀벌은 우리 머리 위를 맴돌고 토끼는 바윗돌에 정착해 우리를 지켜본다. 남쪽 방향, 자잘한 꽃송이가 달린 나무에서 단단한 씨앗이 팝콘처럼 팝, 탁, 팝, 튕겨 나왔다.

자목련동에는 팝콘나무 근처에 코스모스 그룹이 있다. 이제는 우주 카페가 된 2층짜리 건물. 오늘도 그곳에서 레아 언니는 커피를 내리고 쿠키를 구울 것이다.

"제 생각이라도 읽으시는 거예요?"

"내가 왜? 나한테 그런 건 쓸모도 없고 거추장스럽기만 한 재주야. 네 생각이 너무 빤해서 환히 들여다보이는 거지."

네에, 그러시군요, 잘난척쟁이 할머니. 나는 심드렁한 표정을 감추지 않으며 고개를 까딱 기울였다. 요 빤한 머리로 정확히 기억을 못해서 그렇지, 아무리 봐도 낯익은 얼굴이다.

"나도 너만 할 때는 툭하면 초기화를 했어. 이유는 만들기 나름이었고. 나중에는 세상에 무슨 일이 생길 때마다 내가 해결해야 하는 거 아닌가, 사명감 비슷한 의무감까지 생기더군. 어느 생부터 용케도 버텨서 이렇게 무사히 늙었지만."

"아니, 잠깐만요! 그럼 할머니한테도 초기화 권한이 있어요?"

이상한 일이었다. 이 세상은 나의 우주고, 초기화도 나의 몫이다. 내가 잃어야 잃고, 내가 얻어야 얻는다. 그런데 지금 보니까저 안마 의자, 꼭 제왕의 권좌처럼 생겼잖아? 만물과 만인에게 곱셈 우박을 퍼붓는 0의 제왕.

"뭐, 그런 셈이지. 만약 내가 어느 생부터인가 초기화를 멈추지않았다면 넌 태어나지도 않았을걸? 왜인지는 모르겠지만 너와 내우주가 겹친 모양이니까."

무슨 말인지 모르겠고, 잘난척쟁이 '라떼는 말이야' 할머니의 허풍에 귀 기울일 시간도 없다. 설아가 나를 기다리다 지쳐서 시골길을 헤매거나 할아버지가 스쿠터를 몰고 출동해서 동네가 소란스러워진다면 낭패였다.

"이 운석을 차지하려고 왔겠지, 응?"

"그렇죠, 아무래도. 그러라고 있는 곳이잖아요."

"이만큼 살고 보니 초기화가 만능열쇠는 아니더군. 얻기 위해잃는 게 너무 크다면 차라리 잃지 않는 편이 낫지."

나는 듣는 둥 마는 둥 하며 운석 쪽으로 한 걸음을 내디뎠다. 할머니는 말귀를 못 알아듣는다면 할 수 없지, 하는 식으로 왕좌에서 일어나더니 나와 같은 목표물 쪽으로 다가왔다. 또 운석 쟁탈

전을 벌이려는 심산일까. 무슨 관리인이 저래? 어린 시절, 가을 오빠를 상대로 갈고 닦은 싸움 수법을 발휘하기는 찜찜한데. 관리인 할머니는 우리 할아버지와 비슷한 나이로 보였다.

"너한테도 지키고 싶은 사람이 있을 거 아냐? 꼭 사람이 아닐 수도 있겠지만."

머쓱이, 그러니까 겨자. 머쓱이인 동시에 겨자이고 겨자이면서 머쓱이인 머스터드 겨자. 죽을 지경으로 아픈데 살릴 방법이 없어서 설원으로 데리고 왔던 머쓱이, 나와 설아가 힘을 합해 살려낸 우리 고양이 겨자.

"그렇게 자꾸 다시 시작하다 보면 언젠가는 아무도 아프지 않고 슬프지도 않은 세상이 나오지 않을까, 그런 꿈을 꾸겠지?"

그 말에 오히려 설아가 한 말이 떠올랐다. 완벽하지 않아도 지금이 좋다던, 망친 페이지를 뜯지 않는다던. 만약 겨자가 병을 못 이겨 잘못되었다 해도 그건 설아에게 없애고 싶은 페이지가 아니겠지. 완벽하지 않은 삶의 일부일 거야.

"나도 그런 꿈을 꾼 적이 있어. 하지만 잊지 말라고, 채여름. 결국 모든 것은 지금 여기, 이 순간에서부터 시작한다는 걸 말이야."

이 할머니, 정말 설원의 관리인이 맞을까? 관리인치고는 잔소리가 심하고 속셈이 뭔지도 모르겠다. 여기는 초기화 버튼을 밟으라고 있는 곳인데 그러지 말라고 날 설득하는 분위기잖아?

"근데 저기요, 누구세요?"

"빨리도 묻는군."

"관리인이신 줄 알았는데 아닌 거 같아서요."

"당연히 아니지. 나는 테리야. 바로 이 사람."

할머니가 코트 주머니에서 낡은 사진을 꺼내더니 팔을 뻗어 내밀었다. 나는 한 걸음 내디뎌 사진을 보았고, 놀란 나머지 두 걸음을 더해 물러났다.

사진 속에는 내가 있었다.

몇십 년은 묵은 듯한 옷차림과 머리 모양인데도 나, 채여름이 분명했다. 그렇지만 나인 동시에 내가 아니기도 했다. 난 저렇게 오래전으로 보이는 시대를 살아 본 적이 없다. 있는데 기억을 못한다 해도 그때 찍은 사진이 생의 경계를 넘어서 지금까지 존재하지는 못한다. 초기화 버튼을 밟으면 모든 것이 사라지고 만다. 코스모스 그룹에서 보낸 관리인이라 해도 그건 안 될, 아, 관리인이 아니라고 했지. 그러면 혹시……?

"사진 속 이 사람은, 너만 할 때의 나야. 테리는 고대 그리스어 '테로스'에서 따온 이름이지. 테로스는 '여름'이란 뜻이고."

"하, 할머니도 여름……이라고요?"

"맞아, 나도 너처럼 채여름이야. 어색하면 그냥 테리라고 부르든가."

3

할머니는 이 비현실적인 상황에서 초현실적일 만큼 현실적인 행동을 했다. 신분증을 꺼내서 자기 신분을 증명해 보인 것이다. 이름 채여름. 생년월일은 육십오 년 전의 8월 8일. 나와 얼굴과 이름과 생일이 같은 사람이다. 할머니 주장에 따르자면 초기화 권한이 있다는 점도 동일했다. 그런데 민증이 우리 엄마, 아빠 것과는 다르게 생겼다. 이거 위조 신분증으로 사기 치는 거 아냐? 굳이 설원까지 와서 기껏 나한테?

나는 사기꾼을 대하듯 의심이 가득한 눈빛으로 여름 할머니를…… 으으, 여름 할머니라니 우둘투둘 닭살이 돋는다. 차라리 테리가 낫겠다.

"널 볼 때마다 낯익은 얼굴인데, 하다가 옛날 사진을 찾아보고서야 깨달았어. 아, 걔는 나구나! 예전의 나와 스타일이 너무 달라서 단번에 알아차리질 못했지 뭐야."

한번 깨닫고 나니까 보면 볼수록 우리는 서로 닮았다. 오십 년 전쯤 테리는 지금의 나와 똑같았고, 오십 년쯤 뒤에는 내가 지금의 테리와 똑같아질 것이다.

"대체 어디에서 오신 거예요?"

"너야말로 어디에서 이 설원으로 들어왔는데? 먼저 말하자면, 난 개마고원이야. 홍범도 장군이 이끄는 의병 부대가 일본군한테

대승을 거둔 후치령 부근."

개마고원의 후치령이라면 수행 평가로 조사했던 곳이라 나도 들어 본 적이 있다.

"전, 영월인데요."

"역시 다르군. 너희 쪽 수도는 어디야?"

"서울이요."

"우린 진작에 세종으로 옮겼어. 오늘 날짜가 어떻게 되지?"

"그건 동시에 말해 봐요."

우리는 동시에 날짜를 말했다. 같은 해의 8월 8일. 우리의 생일이었다.

'무엇이 무엇이 똑같을까?' 문답으로는 모자랐는지, 테리는 가방에서 지폐를 꺼내서 보여 줬다. 유관순 열사가 그려진 오만 원짜리 돈. 한 번쯤 본 기억이 난다. 설날에 세뱃돈으로나 구경하는 신사임당 지폐와는 다르게 생겼지만 대단히 정교한 데다가 전형적인 돈 냄새를 풍긴다. 위조지폐 아니냐는 의혹을 제기하려다가 관뒀다. 일일이 하나하나 신경을 곤두세우고 눈빛을 번뜩이며 의심하려니 번거로웠다. 이쯤에서 믿어 줘야 인류애에도 부합하는 게 아닐까.

"그쪽 세상은 어때요? 제 쪽은요, 바이러스 때문에 다들 힘들어해요."

"바이러스라면, 전염병? 윈터라고 내 친구가 있는데, 그 친구가 그런 꿈을 꿨다고 했거든. 독감 같은 건가?"

"독감보다 훨씬 심해요. 죽은 사람도 많아요."

"우린 그렇게 위험한 바이러스는 없는데 기후 변화로 해수면이 상승해서 물에 잠긴 데가 많아. 여러 정책으로 미세 먼지는 줄어드는 추세라 그나마 다행이지."

"저희 쪽도 해수면이 점점 높아진다고는 하는데 거긴 많이 심각한가 보네요. 저기 그런데요, 이게 다 뭐죠? 어떻게 우리가 만난 거예요?"

"아까도 말했지만 우주가 겹친 거지. 이유는 나도 몰라. 토끼 선장한테 물어보고 싶은데 진짜 토끼인 척 입을 꼭 다물고 있으니 도움도 안 되고, 내 멋대로 생각하는 수밖에. 네 우주와 내 우주가 이 설원에서 겹치는 거야. 그래서 네가 초기화를 할 때마다 내 쪽도 초기화되어 버린 거고."

다비드호의 꿀벌 선장은 모든 사람에게 각자의 우주가 있다고 했다. 그 말의 증거가 내 눈앞에 있는 이 사람, 테리였다. 사실 나는 이 세상이 내 우주라는 말에 더 집중하고 살았다. 다른 우주에 또 다른 채여름, 또 다른 설아나 머쓱이, 겨자가 존재할 수도 있다고 생각하니 기분이 묘해졌다. 나와 테리는 얼마나 같을까. 그리고 얼마나 다를까.

"할머, 테, 테리도 코스모스 그룹으로 가서 다비드호에 들어가 본 거죠? 거기서 만난 안내자가 토끼 선장이었고……요?"

"응. 넌 꿀벌 선장이었겠지, 아마도?"

"그렇……죠. 초기화를 할 때 하늘 색깔이 달라져……요?"

"연두색이 돼. 네 경우는 보라색인가? 그래, 그렇군. 언젠가부터 원치 않는 초기화가 일어났는데 그때마다 하늘이 보라색이더라고. 네 초기화에 나까지 영향을 받은 게 맞는 모양이야."

"응, 진짜 그럴지도 모르겠……네."

"나한테 반말을 하고 있네? 어쩐지 슬슬 시동을 거는 거 같더라니."

"생각해 보니까 너는 나고, 나는 너고, 그런 거 같아서. 누가 자기 자신한테 존댓말을 해, 오글거리게."

"오글거리는 건 내 피부야. 봐, 손등에 주름이 자글자글하지? 나이를 꽤 먹었다는 뜻이거든? 어디서 할머니한테 반말이야!"

"그래 봤자 넌 내 할머니가 아니라 나잖아!"

나는 따뜻한 설원에서 입김 대신 콧김을 내뿜었다. 또 다른 우주에 또 다른 채여름이 존재한다니 혼란스러웠다. 난 내가 유일한 존재인 줄 알았다. 사실 그건 '알았다'라는 인식을 거칠 필요도 없을 만큼 지극히 당연한 일이었다. 아니, 꿀벌 선장이 '전혀 당연한 일이 아닙니다만?' 하고 알려 줬는데 못 들은 척했는지도. 열두 살 때 다비드호에서 내 정체를 듣고 예전 기억이 부분적으로 살아났을 때보다 더 싱숭생숭했다. 그때는 코스모스 그룹을 빠져나와 집으로 걸어가는 동안 웬만큼 마음 정리가 됐다. 또 시작이군, 내가 한 짓이니 어쩔 수 없지, 이렇게.

"이 세상의 주인공은 나라고!"

유치하고 자기중심적인 대사를 뱉고 말았다. 실수로 찬물을 부은 컵라면처럼 망친 인생이 여럿인데도 이 장면은 순위권을 차지할 만큼 창피하다. 이렇게 된 거, 초기화 버튼을 밟아 버려? 다음번 인생에 이 기억이 전해지지 않기를 바랄 뿐이다. 테리인지 뭔지, 얘인지 할머니인지, 아무튼 다시는 마주치지 않기를!

"주인공이고 뭐고 그런 게 뭐가 중요해? 너랑 나는 같은 사람일 수도 있고 얼마든지 다른 사람일 수도 있어. 난 우리가 별개의 존재라고 보는 쪽이지만 그런 건 각자 생각하기 나름이라고. 정말 중요한 건 우리가 미래를 꿈꾼다는 사실이야. 혹시 밖에서 누군가 기다리고 있나?"

바깥에서 기다리는 사람? 나는 귀까지 뜨거워진 채 씩씩거리다 말고 멈칫했다. 잠깐의 충동이라 해도 설아와 겨자 생각은 하지 않고 운석을 밟으려 했다니 대책도 없지. 여기까지 힘들게 와 놓고는.

숨을 고르고 차분히 정리해 보자.

채여름 × 이 세상 = 0

이것이 내 우주의 공식이었다. 그러나 설아와 겨자를 0으로 만들기는…… 싫다. 이제는 싫다. 성에 차지는 않지만 몇 사람 더 끼워 주자면 가을 오빠도, 엄마와 아빠도. 겨자와 설아를 만나고부터 나 인심이 좀 후해진 듯.

"나한테도 내가 일상으로 돌아오길 기다리는 사람이 있어. 윈터. 착하고 재미있는 친구지. 난 그 친구한테 평생 일군 도시락 가게를 물려주고 싶어. 그런데 네가 운석을 밟으면 그럴 수가 없잖아? 아마 윈터한테도 지키고 싶은 사람이 있겠지. 그 사람한테도 또 누군가 있을 테고. 그런 식이야, 세상은."

"누가 초기화를 한대요? 난 그런 말 안 했어요."

존댓말로 복귀. 테리 말마따나 주름이 자글거리는 할머니에게 반말을 하려니 반말 쓰레기가 된 느낌이라 꺼림칙했다.

"그러면 여기는 왜 왔어?"

"할 일이 있으니까요."

"너를 위해서? 아니면 다른 사람을 위해서?"

"몰라요, 둘 다겠죠. 나도 친구 있다고요, 설아랑 겨자."

"누구한테나 친구가 필요하지. 너랑 나도 예외는 아니야."

초기화를 하지 않는다면 미친 바이러스가 날뛰고 우리 집은 되지도 않을 족발 가게에 가진 돈을 다 쏟아부은 세상을 견뎌야 한다. 내 우주에서는 미세 먼지는 말할 것도 없고 온갖 기후 문제와 환경오염이 심각하다. 그렇게 요동치는 세상 속에 나와 친구들이 있다. 채여름이, 민설아와 겨자가.

"뭔가를 사랑한다는 건 짐작과는 달리 괴로운 일이야. 미워하고 포기하는 게 사랑하고 지키는 것보다 훨씬 더 편하고 간단할걸? 그런데도 불편하고 복잡한 쪽을 택하는 사람이 많더라고. 나도 이제는 그러고 싶어. 네가 초기화로 방해하지만 않는다면 그럴 수 있을 거야."

테리는 장황한 연설을 마치더니 코트 앞자락을 여몄다.

"잘 들었고요, 묻고 싶은 게 있는데요."

"뭔데?"

"어른이 된다는 건 어때요? 할머니가 되도록 나이 든다는 건?"

"나이 든다고 해서 어른이 되는 건 아니야. 슬슬 어른이 돼 볼까, 맘먹을 때 어른이 되는 거지. 결심하더라도 시간은 좀 걸릴 거야."

질문의 의도에서 벗어난 대답인데도 어찌 보면 내 마음을 읽은 말 같기도 했다.

"테리는 어떤 할머니예요?"

"무슨 그런 이상한 질문이 다 있어?"

"어디 문제는 없나 해서 그렇죠. 다시 물어볼게요. 건강하고 평화로운 할머니로 살고 있는 거예요?"

"여전히 이상한 질문이지만 답해 보자면 일단 난, 건강해. 필라테스도 하고 등산도 하고. 움직이는 걸 좋아하거든. 평화라면 정신이나 정서를 말하는 거야? 흔히들 마음이라고 부르는 부분? 그런 쪽이라면 평화도 오케이. 뇌 건강과 호르몬 분비에 문제가 없으니까."

건강하고 평화로운 할머니다운 대답이었다. 나는 어쩐지 크게 만족한 상태로 말했다.

"있잖아요, 전 한 번도 어른이 돼 본 적이 없어요. 테리처럼 할머니가 될 때까지 살아 본 적이 없다고요. 그런데 내 친구, 설아란 애 말이에요. 걔는 오래오래 살아서 할머니가 되고 싶어 해요. 그것도 건강하고 행복하고 평화롭기까지 한 할머니가 되고 싶대요."

"너도 이참에 설아 그 친구랑 같이 할머니가 돼 보는 건 어때? 뭐든 처음이 있는 법이니까 시도해 보는 것도 나쁘지 않잖아?"

설아와 한 팀을 이루어 행복한 할머니 되기 프로젝트라도 추진해 보라는 얘기인가. 언젠가 먼 훗날에 칠순 파티를 마친 우리가 네 컷 사진을 찍는 장면을 상상해 본다. 그 사진도 설아 할머니의 다이어리에 영구 보관되겠지.

자, 할 일을 할 시간이 되었다. 시간이 천천히 흐른다 해도 5분이 이렇게까지 길지는 않을 테니.

"테리, 전 이제 문에 달린 손잡이를 떼 내려고 해요."

4

"손잡이? 운석을 말하는 건가?"

"네, 운석은 다른 삶으로 가는 문에 달린 손잡이 같아요. 손잡이가 없으면 문을 열기 힘들어지지 않을까요?"

"아, 무슨 말인지 알겠어. 아예 운석을 없애자는 얘기지?"

"운석이 설원에 있으면 언젠가는 달려와서 밟아 버릴지도 모르잖아요. 저도 절 못 믿겠다는 거죠."

"운석을 없앤다는 건 괜찮은 생각이지만, 무슨 방법으로?"

"안 그래도 곰곰이 생각해 봤는데요, 꿀벌 선장님을 만날 때마다 들은 말이 떠올랐어요. 날개라도 돋아나서 원래 있던 곳으로 날아가지 않는 한, 운석은 제자리에 그대로 있을 거라고 그랬거든요."

"나도 토끼 선장한테 들은 말 같네. 그런데 그 말이 뭐?"

"해석하자면 이거잖아요. 운석에 날개가 돋아나면 원래 있던 곳으로 돌려보낼 수 있다! 손잡이가 없어지는 거죠."

"운석에 저절로 날개가 돋아날 리는 없고, 네가 달아 주기라도 하겠다는 거야?"

"네!"

짧고 단호한 대답에 테리는 어처구니없다는 표정이 되었다. 나는 허리를 굽히고 손을 뻗어 운석을 집어 들었다. 그리고 테리의 표정이 황당함에서 경악으로 바뀌기 직전, 하늘로 던져 올렸다. 팔을 휘둘러서 있는 힘껏, 주저하지 않고 단숨에. 꿀벌 선장이 말하기를 운석은 설원 바깥으로 가지고 나가지 못한다고 했지만……

설원 위쪽의 하늘은 설원에 속해 있다고 봐야 하지 않을까?

내 물음에 대답이라도 하듯 운석은 슈웅 시원스럽게 날아올랐다. 단번에 성공인가! 싱겁기까지 한 성취감에 빠지려는 찰나, 운석이 슈우웅 급강하. 올라갈 때보다 더 빠른 속도로, 정확히 테리의 정수리를 겨냥해서. 그럼 그렇지, 어쩐지 잘 풀린다 했다.

"미쳤어, 채여름!"

테리가 꽥 소리를 지르며 피하자마자 떨어져 눈 속에 처박히는 운석.

"아, 이게 아닌가."

"이게 아닌가? 너 제정신이 아니구나!"

"너무 화내지 마세요. 일단 한번 해 본 거예요."

"얘가 아주 사람 잡겠네. 됐고, 그냥 너랑 나랑 여기에 얼씬하지 않는 걸로 하자. 초기화 버튼 같은 건 잊고 사는 거야."

"저도 절 못 믿는데 테리를 어떻게 믿어요? 버튼을 놔두고 갔다가 테리가 와서 밟아 버리면 끝이잖아요."

"허어, 내 입으로 할 소리를 내 귀로 듣네. 걸핏하면 초기화를 해서 잘 살고 있는 사람 자꾸 다시 시작하게 한 게 누군데?"

"그건 그렇지만 그래도 못 믿겠어요. 안마 의자까지 갖다 놓고 아예 여기로 이사를 하신 거 같은데요?"

나는 새삼스레 주변을 둘러보았다. 안마 의자뿐인가. 간이 탁자에, 여행 가방에, 김이 피어오르는 머그잔까지 살뜰하게도 살림을 차려 놓으셨다, 이분.

"저 크고 무거운 걸 내가 어떻게 갖고 와. 안마 의자가 하나 있으면 좋겠다고 했더니 누가 갖다 놓은 거야."

"저걸요? 누가요?"

"아마도……."

테리가 바위에 앉은 토끼를 바라보았다. 우리 말을 대놓고 경청이라도 하는지 쫑긋 세운 귀. 그 옆으로 꿀벌이 날아다닌다.

"저 둘, 혹시 꿀벌 선장과 토끼 선장인 걸까요?"

"확신은 못 해도 의심은 가지."

그러더니 테리는 뭔가 생각났다는 듯, 한 손을 휘저으며 미간에 주름을 잡았다.

"꿀벌하고 토끼가 같이 있는 걸 봐도 그렇고, 여기는 우리 둘의 설원이야. 누구 하나만의 장소가 아니라고. 그렇지?"

"그렇죠, 저와 테리의 초기화 장소니까요."

말해 놓고 보니까 정말, 이 운석 역시 나뿐만 아니라 테리의 초기화 버튼이기도 하잖아? 그렇다면……?

"운석을 너 혼자서만 어떻게 해서 되는 일이 아닌 거 같지, 아무래도?"

우리 둘의 눈이 마주쳤다. 눈빛으로 오가는 짐작과 계획. 나와 테리, 그러니까 우리는 마지막 때에 이르자 말없이도 말이 잘 통했다. 우리는 어디에서 온 누구일까. 서로에게 무엇일까. 테리의 눈은 우리가 지나온 시간만큼이나 깊었다. 나중에 내 눈빛도 저렇게 깊어질까?

"테리, 우리가 다시 만날 날이 있을까요?"

"글쎄, 나중에 네가 할머니가 되면 그 모습 속에 내가 있겠지."

"테리가 어렸을 때의 모습 속에 제가 있었던 것처럼요?"

테리는 고개를 끄덕이더니 운석을 턱짓하며 말했다.

"그나저나 분위기 잔뜩 잡아 놨는데 이거, 되는 거 맞나 몰라."

"무턱대고 한번 해 보는 거죠, 뭐."

지금은 서로를 믿어 보는 수밖에 없었다. 우리는 한 손씩 내밀어 우리의 초기화 버튼을 함께 잡은 다음 들어 올렸다. 혼자 하려던 일, 혼자 해서 실패한 일을 테리와 함께하려니 생각보다 든든했다. 그동안 고민하며 갈팡질팡했는데 지금은 단잠에서 깨어나 켜는 기지개처럼 개운하고 상쾌했다. 짧은 시간이지만 테리한테서 미래의 내 모습을 엿보았다. 앞으로 인생에서 맞이할 선택과 고민의 순간마다 테리라면 어떻게 했을까, 궁리해 볼 것 같다.

"이봐요, 토끼 선장. 이제 운석을 원래 있던 곳으로 돌려보낼 거예요. 어느 날 하늘에서 뚝 떨어졌으니까 하늘로 날려 보내는 거지. 성공할지는 모르겠지만 한번 해 볼 테니 안마 의자처럼 잘 처리해 달라고요. 들었죠?"

테리가 검정 토끼를 보며 말했다. 듣고는 있을까 미심쩍지만, 나도 꿀벌 선장에게 한마디 하지 않고는 못 넘어가지.

"꿀벌 선장님, 문제 생기면 언제든 찾아오라더니 설원에 있었던 거예요? 아무튼 이렇게 왔으니까 운석에 날개를 달아 주세요."

벌이 날개를 붕붕거리고 토끼가 귀를 쫑긋거린다. 알아들었다는 뜻일까, 못 알아들은 척일까.

"채여름, 준비됐어?"

"네!"

다시, 짧고 단호하게.

"하나, 둘……."

"셋!"

우리는 운석을 높이, 하늘을 향해 저 높이 던져 올렸다.

나와 테리의 초기화 버튼이 우리의 손을 박차고 날아올랐다. 높이, 점점 더 높이 올라가다가 눈에 보이지 않을 만큼 작아지자, 설원이 요동치기 시작했다. 마침내 성공인가? 땅이 들썩이고 눈발이 휘날린다. 나무가 태풍 속의 갈대처럼 휘고 꽃잎과 나뭇잎이 소용돌이에 사로잡힌다.

우리는 흔들리는 젤리 벽으로 뛰어갔다.

"생일 축하해, 채여름!"

"테리도 생일 축하해요!"

"설아와 겨자한테 안부 전해 줘!"

"윈터한테도 인사 전해 주세요!"

온 힘을 다해 달려가면서 외치듯 주고받는 대화.

벽을 빠져나가며 돌아본 설원의 하늘은, 보랏빛과 연둣빛이 뒤섞인 빛깔이었다.

밖으로 나오자 테리는 없었다. 자신의 우주로 무사히 잘 돌아갔기를.

옥수수밭 옆에 선 설아가 보였다. 설아도 나를 봤다. 나는 그쪽으로 걸어갔다. 새로이 태어난 심장이 두근 팝 팝 두근 팝, 새로운 삶의 씨앗처럼 뛰놀았다.

"5분이라더니 8분이나 걸렸잖아. 막 무서워지려 그랬다고."

설아는 투덜거리면서도 나를 반겼다.

운석을 감싸 쥐었던 감각이 손안에서 두 번째 심장처럼 두근거렸다. 온몸으로 퍼져 나가 기억 속에 새겨지는 온기. 잊지 마, 우리가 오늘 여기 있었어. 오늘 우리가 여기에.

"설아야, 저기 좀 봐."

나는 하늘을 가리켰다.

머리 위 하늘에 작은 점 하나가 나타난다. 움직임이 아주 느리고 느려서, 떨어지는지 날아오르는지 모를 점. 어느 순간, 그 운석의 날개가 활짝 펴지면서 밤하늘을 덮었다. 세상이 환해지더니 찬란한 금빛이 나를 감싼다. 내가 꼭 폭발하는 별이 된 듯했다. 나는 세상 모든 것에 곱해진 한없이 크고 깊은 값이었고, 그 값은 설아의 세계까지도 아울렀다. 건강해진 겨자가 살고 있는 다정한 세계 말이다.

"와아!"

설아의 온몸에서 탄성이 터져 나왔다.

나는 안녕, 하고 빛을 향해 속삭였다. 작별 인사일까, 환영 인사일까. 둘 다라면 좋겠다.

여름과 테리의 우주.
머쓱이와 겨자와 설아와 윈터의 우주.
그리고 또,
당신의 우주.

이것은 우리 모두의 이야기다.

에필로그

　할아버지가 옥수수 싣는 트럭에 설아와 나를 태워서 자목련동에 데려다주고도 두 달이 흘렀다. 그동안 세상은 무더위와 바이러스로 타오르던 한여름을 지나, 선선한 바람이 불어오는 가을이 되었다.

　이곳은 공원 진입로. 우리는 계단에 나란히 앉아 맞은편 건물을 바라보고 있다. 여기서 우리란 나와 설아에 겨자까지 셋. 산책하기에 좋은 날씨라 겨자도 데리고 나왔다. 우주선처럼 생긴 이 동장의 투명한 문 너머로 꿀벌이라도 봤는지, 겨자는 수염을 바르르 떨며 꺄깍 소리를 냈다.

　"레아 언니는 어디로 갔을까?"

　설아가 내 손에 들린 봉지에서 과자를 집어 가며 말했다.

　간만에 와 보니, 코스모스 그룹에서 우주 카페로 변신했던 건물은 철거 작업 중이었다. 불경기를 버티지 못하고 폐업한 가게가 많다고 해도 리모델링까지 한 건물이 없어질 줄이야.

"어딘가 다른 우주 카페로 갔겠지."

니도 과자를 먹으며 대답했다.

"꼭 우주 카페여야 돼?"

"그냥 어쩐지 맘이 그래서."

"마지막 인사도 못했는데 아쉽다."

"그러게……."

향 좋은 커피처럼 부드럽던 웃음과 목소리. 레아 언니가 다른 어딘가에 있는 우주 카페에서 쿠키를 굽고 있을 것만 같았다. 이 우주가 아니라면 어디 다른 우주에서라도. 그곳은 바이러스나 멸종 위기에 빠진 생명들 없이 좀 더 평화로우면 좋겠다.

"아 참, 나중에 건강하고 평화롭고 행복한 할머니가 되길 바란다고 전해 달래."

나는 생뚱맞은 시점에 아무런 설명도 없이 테리의 안부 인사를 전했다. 역시나 설아는 어리둥절해한다.

"누가? 레아 언니가?"

"아니. 있어, 그런 사람."

테리는 젤리 벽을 지나 자신의 우주로 잘 돌아갔겠지? 오래된 도시락 가게와 후계자로 점찍어 둔 윈터가 있는 세상으로.

"그럼 너는?"

설아는 뜬금없는 안부를 전한 사람이 누구냐고 캐묻는 대신, 질문의 화살을 내 쪽으로 돌렸다.

"나? 내가 뭐?"

"너도 그런 할머니가 될 거냐고."

난 과자를 한입에 여러 개 씹으며 설아를 바라보았다. 자기가 자기도 모르게 정곡을 찔렀다는 걸 모르는 눈치다.

"글쎄, 하는 데까진 해 봐야지."

세상 모든 것을 0으로 되돌리는 대신, 온갖 사건을 겪고 여러 생각을 하며 나만의 값을 얻는 일도 나쁘지 않을 듯하다. 나와 이 세상이 곱해진 결과가 무엇일지 궁금해졌다.

휴대폰 액정에 얼굴을 비추어 본다. 먼 훗날 거울 속에서 테리를 발견하면 뭐라 인사해야 할까. 안녕, 오랜만이야, 뭐 그렇게? 이만큼 살아 보니 이것도 나쁘지 않네, 그 정도 말은 해 주고 싶다.

"얘 화장실 가고 싶은가 봐."

설아가 이동장 안을 들여다보며 말했다.

"그런가 보네. 알았어, 겨자야. 집에 가자."

겨자는 이제 설아의 방 밖에서도 시간을 많이 보낸다. 거실과 부엌에까지 노란 털을 떨어뜨리며 영역을 확장하고 있다. 설아의 부모님이 집 꾸미기를 포기한 덕분에 얘네 집도 적당히 지저분해졌다. 우리 집은 장사가 안 되는 족발 가게를 어떻게든 살려 보려 애쓰는 중이고. 저번에 영월 갔을 때 할아버지가 쥐여 준 용돈이 좀 있는데 매콤 족발과 막국수 세트라도 주문해 줘야 하나.

"근데 여름아, 너 세상을 자꾸 멸망시켰다고 그랬잖아. 어떤 세상이었길래 그런 거야?"

"궁금해? 니만 알고 있을 자신 있으면 말해 주고."

"응, 자신 있어."

설아가 키득거리며 대답했다.

"그렇다면 좋아, 한번은 전 인류의 30퍼센트나 좀비가 돼 버렸는데……."

우리는 계단에서 일어나 공원 진입로를 걸어 내려갔다. 팝, 탁, 팝, 소리가 나더니 내 신발에 뭔가 들어갔다. 팝콘나무가 쏘아 보낸 씨앗이었다. 계절도 없이 바쁜 나무다.

"아, 잠깐만. 신발에 들어간 거 좀 빼고."

발바닥에 배기는 알갱이를 빼려고 몸을 숙이는 순간, 어딘가 멀고도 가까운 곳에서 테리의 목소리가 들려온 듯도 싶었다. 윈터, 누가 인사 전해 달라던데요, 하는 목소리가. 설아는 내 이야기가 이어지기를 기다리며 나를 바라보았다. 바다 쪽에서 다비드호가 뿌우우, 뱃고동을 울린다.

나는 팝콘나무의 씨앗을 손에 쥔 채 몸을 폈다. 문득 하늘을 올려다보니 연두색과 보라색이 뒤섞인 구름이 천천히 지나갔다. 인사를 건네듯 눈을 깜빡이자 구름은 원래 색깔로 돌아왔다. 설원에 쌓인 눈처럼 하얗게, 포근한 빛깔로.

외전

여름이 들려준 이야기

전 인류의 30퍼센트가 좀비 바이러스에 감염됐다는 건 얘기했지? 30퍼센트. 대략 셋 중에 하나. 결코 무시하지 못할 숫자인데도 사람들은, 이제까지 살던 대로 쭉 살기로 했어.

다들 좀비 예방 주사를 맞고서 학교에 다니고 직장에 나갔어. 시험도 보고 연애도 하고 해외여행도 가고. 좀비는 어떻게 했냐고? 치료제 주사를 놓거나 약을 먹였지. 그러면 미리 맞아 놓은 예방 주사 때문에 면역 반응이 일어나면서 당장은 겉모습이 좀비처럼 변했지만, 몇 달 뒤에는 원래대로 돌아왔거든.

문제는 예방 접종을 다 맞지 못했는데 좀비 바이러스에 감염된 경우였어. 그건 답도 약도 없었지. 치료제를 투여해도 전염성과 폭력성을 약하게 하는 정도의 효과밖에 없었거든. 그런 사람들은 격리 치료소에 들어갔어. 안 그러면 언제 다른 사람을 물어 바이러스를 전염시킬지 모르니까.

가을 언니도 백신이 개발되기 전에 감염된 경우라 치료소에서
지냈어. 그래, 가을 언니. 그때는 가을 오빠가 아니라 언니였어,
좀비 언니.

어느 날 초인종이 울려서 인터폰 화면을 보니까, 헉! 가을 언니
가 서 있는 거야! 헤드폰을 끼고 팔다리를 흐느적거리는 모습이
꼭 춤을 추는 거 같더라고. 엄마한테 알리니까 엄마는 얼음처럼
굳었다가 집게손가락을 이렇게 입에 가져다 대면서 현관문을 턱
짓했어. 이 모든 건 비밀이야, 그런 뜻이었지. 원칙대로라면 언니
를 치료소로 돌려보내야 했거든.

나도 아무 소리 내지 마, 하는 뜻으로 집게손가락을 입술에 대
고 현관문을 열었어. 가을 언니는 목구멍에서 나는 끄윽꺽꺽큭
소리를 자기 나름대로는 최대한 참으면서 집에 들어오더라. 좀비
가 됐는데도 눈치를 잃지 않았다니 놀랍지 않아? 좀비 바이러스
에 감염되기 전에는 오히려 제멋대로였는데.

퇴근해서 집에 온 아빠는 가을 언니를 보고 울먹거렸어. 나? 글
쎄, 울었는지 말았는지 기억이 안 나네. 그때도 비염이었으면 눈
물이 좀 나기는 했겠지.

사라진 언니를 찾으러 오는 사람은 없었어. 좀비로 변한 사람이
늘어나니까 인력이 부족했나 봐. 언니가 화장실이 딸린 안방에서
지내기로 하고, 부모님은 언니 방으로 옮겼어. 갇힌 신세는 치료

소나 집이나 마찬가지인데도 언니는 집이 편한 모양이더라. 엄마, 아빠, 나는 3개월에 한 번씩 예방 접종을 맞았고 언니도 치료제를 맞았으니까 크게 걱정은 안 했지.

학교에도 돌아온 좀비가 있었어. 열흘간 자취를 감추었던 수학 쌤. 좀비 바이러스에 감염돼서 좀비처럼 보이지만 치료제 덕분에 완전히 좀비는 아닌 상태였어. 다 나을 때까지 쭉 휴가일 줄 알았는데 좋다 말았지 뭐. 숙제를 많이 내 주는 쌤이라 귀찮았거든.

수학 쌤이 막 손을 덜덜 떨면서 교탁 위에 교과서를 펼치더니 수업을 시작하려는 거야. 애들이 그걸 가만히 보고만 있었겠어? 교실은 아주 난리가 났어.

"선생님, 좀비 되신 거 아니에요?"

"저 아직 예방 접종 3차까지밖에 못 맞았는데⋯⋯."

"치료제 완전 아프고 속도 메스껍다던데 진짜예요?"

"선생님, 좀비 된 얘기 해 주세요!"

"아, 진짜! 나 좀비 알레르기 있는데."

그때, 앞문을 열고 교감 쌤이 들어오니까 애들이 조용해졌어. 우리 학교 체육 있지? 그 쌤이 그땐 교감이었거든. 좀비 바이러스가 덤벼도 와드득 씹어 먹고도 남을 강철 체력과 정신력의 소유자 말이야.

"2반, 조용히 하고 집중! 여기 계신 홍 선생님은 보다시피 좀비는 되셨어도 치료 중이라 곧 완치되실 겁니다. 그동안 푹 쉬시면 좋겠지만, 대체 인력이 안 구해져서 이렇게 아픈 몸을 이끌고 나오셨습니다. 여러분도 열심히 공부해서 선생님의 정성에 보답하기 바랍니다."

난 교탁 앞에 서서 비틀거리고 삐걱거리는 좀비 쌤을 바라봤어. 좀비 생활만으로도 힘들 텐데 출근해서 수업까지 해야 한다니, 좀비도 K-좀비는 참 어렵겠구나 싶더라고.

폰이 울려서 책상 서랍 속에서 확인하니까 엄마의 메시지였어. '여름아! 가을이가'까지 쓰다 만 메시지. 무슨 일이냐고 물어봐도 확인도 안 하지, 아빠도 마찬가지지, 뭔가 불길하고 불안했어. 수학 수업 끝나자마자 종례도 건너뛰고 집으로 내달렸지.

집에 도착해서 숨을 헉헉대며 현관문을 열자…… 가을 언니가 달려들었어! 거실에는 엄마랑 아빠가 언니한테 물린 채로 쓰러져 있었고. 우리 가족이 좀비 바이러스를 얕봤던 거야. 언니의 날카로운 이빨이 코앞까지 왔을 때, 난 부서져라 문을 닫고 계단을 뛰어 내려갔어.

아파트 건물 밖으로 나와 안전거리를 확보하고는 좀비대응청에 신고 전화부터 걸었지. 부모님이 조금이라도 빨리 치료를 받아야 했으니까.

안내원이 전화를 받았는데 입이 안 떨어지더라. 머릿속에 온갖 생각이 떠올랐어. 집에 숨겨 둔 큰딸한테 물려 좀비 바이러스에 감염된 부모님은 어떻게 될까. 법을 어겼으니 몇백이나 되는 벌금

238

을 낼 테고, 토할 만큼 아프고 메스껍다는 치료제를 맞고도 일하러 나가겠지? 치료소에서 도망쳐 나와 사람을 문 언니는 또 어떻게 되는 거야? 집중 치료실에 혼자 갇혀서 맨밥에 고추장만 먹고 그러는 건가.

"여보세요? 말씀하세요, 여보세요?"

안내원이 재촉하는데 내 입에서는 엉뚱한 말이 나왔어.

"좀비 바이러스, 이거 언제 끝나요?"

"네?"

나는 짧은 한숨을 내쉬고는 이렇게 말했지.

"그냥 제가 끝낼게요."

이 우주의 주인공에게

안녕하세요, 다비드호에 오신 것을 환영합니다.

저는 오늘 안내를 맡은 도도새 선장입니다. 어디서 튀어나온 선장인가, 하고 책을 뒤적거릴 필요는 없답니다. 지금 여기에 처음 등장했으니까요. 원래 중요 인물일수록 나중에 나오지 않던가요?(찡긋!)

제가 나타나는 순간, '어? 그럼 나도 혹시……?'라고 생각하셨을 텐데요, 네, 맞습니다. 이 세상은 당신의 우주고, 이 우주의 주인공은 바로 당신입니다. 물론 초기화 권한도 당신의 것이지요.

초기화를 어떻게 하는지는 알고 계시리라 믿습니다만, 간단히 말씀 드려 볼까요. 이제 머지않아 운석이 떨어질 거예요. 거기로 가서 운석을 꾹 밟으면 됩니다. 한번 실행하면 되돌리지 못하니 신중하게 결정하세요.

자, 그렇다면, 어떤 경우에 이 우주를 초기화하시겠어요?

슬플 때? 화날 때? 짜증 날 때? 외롭고 쓸쓸할 때? 무기력하거나 억울하거나 무서울 때? 그러니까 예를 들자면, 내가 보잘것없고 못나 보여서 한심할 때? 내가 좋아하는 애가 날 싫어하는 애를 좋아한다는 걸 알게 됐을 때? 살을 빼기로 결심했는데 쫄면 사리를 추가한 떡볶이가 너무 맛있을 때? 미친 듯 뛰어갔는데도 간발의 차이로 버스를 놓치거나 겨우 탄 버스에서 나만 혼자 서 있어서 어색할 때? 사랑하는 이에게 아무것도 해 주지 못할 때?

한마디로 말해서 나만 빼고 다 행복해 보일 때?

그래요, 이해합니다. 원할 때면 얼마든지 초기화를 하셔도 좋아요. 그건 당신의 고유한 권한이니까요.

하지만 이것 하나는 기억해 주세요. 당신이 기쁘고 즐겁고 신나고 잘나갈 때와 마찬가지로, 당신이 슬프고 외롭고 변변찮고 어설프고 엉망진창일 때도 이 세상은 당신의 우주란 것을요. 당신은 언제나 이 우주의 주인공이랍니다. 이 사실은 운석처럼 단단하고 굳건해서 절대 변하지 않아요.

초기화를 밥 먹듯이 실행한 여름이와 테리에게도 각각의 삶은 그때 단 한 번뿐이었어요. 같은 강물에 발을 담그지 못하듯 완전히 똑같은 삶이란 존재하지 않지요. 그러므로 우리가 보내는 이 일상도 날마다 새로운 삶, 새로운 우주일지도 몰라요.

젤리 벽을 통과해 설원으로 들어가서 운석에 한 발을 올리고 섰을 때, 제가 해 드린 이야기를 떠올려 보셨으면 합니다.

앞으로 살아가면서 뭔가 문제가 생기면 도도새 선장을 찾아 주세요. 이 점 역시 아시리라 생각합니다만, 제가 꼭 다비드호에만 머문다는 법은 없답니다. 저를 보려는 눈이 있다면 언제 어디서든 저를 발견하실 수 있을 거예요.

길을 걷다가, 친구와 얘기하다가, 과자를 먹다가 눈을 돌리면, 거기에서 저를 발견할지도 몰라요. 편의점이나 교실 문을 열었는데 문 너머가 다비드호의 내부일 수도 있고요. 하얀 눈으로 가득한데도 봄날처럼 따뜻한 설원에서 만난다면 그 또한 반갑겠네요. 휴대폰을 보느라 고생하는 목과 어깨의 피로를 풀어 줄 안마 의

자를 준비해 놓지요.

　헤어질 시간이 된 듯하니, 다비드호에서 나가는 방법을 알려
드리겠습니다.

　이 책을 덮은 다음 앞표지가 보이게 놓으세요. 그리고 첫 페이
지를 펼쳐서 다시 읽기 시작하세요. 그러다 보면 어느새 다비드
호 밖일 겁니다, 하핫.

　지금은 작별하지만 언제 어디선가 또 만나리라 기대하며, 이만
인사드립니다.

　행운이 함께하기를 빌게요.

어느 여름날에,

도도새 선장이

너의 우주는 곧 나의 우주

© 하유지, 2023

초판 1쇄 인쇄일 | 2023년 7월 10일
초판 1쇄 발행일 | 2023년 7월 28일

지은이 | 하유지
펴낸이 | 정은영
편   집 | 전유진 최찬미 이태은
디자인 | 연태경
마케팅 | 이언영 한정우 전강산 윤선애 이승훈 최문실
제   작 | 홍동근

펴낸곳 | (주)자음과모음
출판등록 | 2001년 11월 28일 제2001-000259호
주   소 | 10881 경기도 파주시 회동길 325-20
전   화 | 편집부 (02)324-2347, 경영지원부 (02)325-6047
팩   스 | 편집부 (02)324-2348, 경영지원부 (02)2648-1311
이메일 | jamoteen@jamobook.com
블로그 | blog.naver.com/jamogenius

ISBN 978-89-544-4909-0 (43810)